치유의 성명학

치유의 성명학

성명학자 윤규혜 지음

도서
출판 북인

당신의 이름은 안녕합니까

내 이름 앞에 성명학자 또는 성명학 선생이란 수식이 붙은 지 20년이 훨씬 넘었다. 그전까지 이분야는 나와 전혀 상관없는 영역이었다. 그런데 현재는 성명학이 직업이 되었고, 앞으로도 계속 탐구해야 할 학문이 되었다. 한 치 앞도 예측할 수 없는 게 삶이고 운명이라 하질 않던가.

1997년 정축년에 IMF를 겪지 않았더라면 부동산업자로 자리를 잡았을지도 모르겠다. IMF 시기에 부동산 폭락으로 경제적 손실이 크게 나면서 이런 생각을 했었다. 가까운 앞날을 예측할 수 있었더라면 얼마나 좋았을까. 나에게 닥칠 불운 또는 불행을 예견할 수 있었다면 최악의 사태는 피할 수 있지 않았을까.

상황에 따라 삶의 방향은 얼마든지 바뀔 수 있고, 돈은 거품과 같은 거란 생각이 드니 나와 내 가족을 더 단단히 지킬 수 있는 가치를 생각하게 되었다. 역학에 처음 관심을 두게 된 건 IMF가 닥치기 전인 1996년에 아이들 학부형을 통해 명리학자를 알게 되면서였다. 제법 유명한 작명가에게 두 딸의 이름을 받았던 터라 자신만만하게 딸들 이름이 어떤지부터 물었었다. 이름 잘 지었다는 답이 나올 줄 알았는데 그 반대였다. 당황해서 "선생님, 유명하다는 작명가한테 받은 이름인데 좋지 않다니요?" 하고 묻자 그분이 웃으면서, 직접 공부를 해보면 그 이유를 알 거라고 하였다. 그러면서 이런 제안을 하였다.

"성명학 공부를 해서 딸들 이름을 직접 지어주세요. 딸들에게 가장 큰 선물이 될 겁니다."

다른 거창한 명분들보다도 내 마음을 움직이는 말이었다. 내가 세상에서 가장 사랑하는 아이들의 이름을 직접 지어주라니, 듣는 순간 어찌나 설레던지.

'그래, 직접 성명학 공부를 해서 딸들에게 좋은 이름을 지어주어야겠다.'

내 역학 공부의 출발은 그렇게 소박했다. 직업으로 삼겠다는 생각보다는 부모로서 자식에게 좋은 이름을 지어주고 싶은 소망이 전부였다. 그리하여 자음파동소리성명학의 창시자인 이우람 선생님 수제자에게서 한자 81획수 수리성명학이 아닌 자음파동소리성명학을 배우게 되었다. 더불어 음양오행과 상생상극의 원리까지 접하게 되었다.

한글성명학 공부가 깊어질수록 그 오묘한 이치에 점점 매료되고 말았다. 사주를 넣지 않았는데도 사람들의 이름과 그 사람의 운명을 감정해보면 대부분 그 이름대로 살아가고 있었다. 마치 신세계를 발견한 것처럼 놀라웠다. 원래부터 지적 호기심이 많기도 했지만, 성명학 공부는 특히 할수록 재미있었다.

성명학 공부를 하고 제일 먼저 작명을 한 대상은 당연히 두 딸이었다. 스승의 도움을 받아 자음 파동소리성명학으로 개명을 해주었고, 스승과 동반하여 '신생아 무료 작명' 봉사활동을 수년간 하였다. 내 아이들에게 좋은 이름을 지어주고 싶어서 성명학 공부까지 하였던 나로선, 자기 아이의 이름을 맡기는 그 심정을 누구보다 잘 알고 있었다. 대가를 바라지 않고 베푼 선의였고, 그때의 보람은 지금까지 추억으로 남아 있다.

지금은 27년 경력의 성명학자로서 막중한 책임감을 느낀다. 나 하나의 안일만 추구하는 것이 아닌 공동사회의 일원으로서, 성명학이 지닌 본연의 가치와 효용을 더 많이 알리고 싶다는 사명감이다. 한 사람의 행과 불행이 그 사람의 이름과 얼마나 밀접한 관계가 있는지 알기에 나로선 그만큼 절실하다.

성명학을 연구하고 교육하며 개명, 작명해준 지 올해로 27년이다. 한글 이름 시대가 된 이후 우후죽순 작명가들이 양산되는 걸 지켜보았다. 이름이 중요하다고 말하는 사람들이 남의 이름을 무책임하게 작명하고 있는 게 현실이다. "이름 함부로 짓지 마세요." 외친들 소용이 없다. 방법이 틀렸다는 걸 알지 못하기 때문이다.

작명가는 '작명'에 임하는 태도와 실력을 기준으로 할 때 위험한 장사꾼과 신중한 성명학자로 나눌 수 있다. 나에게 성명학은 끝이 없는 학문이다. 누군가의 삶에 영향을 미친다고 생각하기에 이름을 지을 때마다 저절로 숙연해진다. 이름을 짓는 일이나 이름을 바꾸는 일이나 그 사람의 삶에 분명 반향을 일으킨다는 걸 알기 때문이다. 나쁜 이름은 나쁜 기운을 몰고 오고, 좋은 이름은 좋은 기운을 몰고 온다. 그러니 어찌 남의 이름 짓기를 가벼이 여길 수 있을까.

사람의 운명은 타고난 사주팔자가 30%, 집안환경과 부모형제와의 영향이 30%, 성격과 사회에서의 인맥과 배우자 등이 30%, 본인의 노력과 의지에서 10% 영향을 미친다. 노력과 의지가 가장 작은 영향을 미치는 것 같지만, 변화 요인으로 볼 때 가장 큰 영향력을 갖는다고 할 수 있다. 아무리 좋은 토양의 식재료로 요리한다 해도 기본 양념을 잘못 사용하면 원하는 음식맛을 낼 수 없는 이치와 같다.

결국 그 사람에게 좋은 이름이란 그 사람에게 안성맞춤인 인생 옷과 같아야 한다. 그래서 내 작명은 단순히 기술적인 데에 그치지 않는다. 그 사람의 환경, 성향, 가치관, 성정 등을 고려하여 이름을 짓는다. 한글소리성명학의 파동주파수에 숨은 성격과 심리를 알게 되면 MBTI 성격분석에도 활용할 수 있다. 나는 이와 같은 성명학을 다른 성명학과 구분하여 성격심리한글성명학이라고 지칭하고 있다.

성명학의 최고 운용은 작명이라고 할 수 있다. 당사자가 긍정적이고 적극적인 마음으로 생활하면 대운과 세운이 좋은 방향으로 움직이면서 개명의 효과를 더 빨리 볼 수 있다. 그런 점에서 후천적으로 좋은 운으로 이끌어줄 수 있는 성명학은 희망과 비전의 개운학이라고 할 수 있다.

우리나라 명리학의 역사는 700년이 훨씬 넘었다. 작명의 역사는 엄밀하게 보면 인류 역사와 거의 비슷하다고 해도 과언이 아니다. 사람들은 세상 모든 것에 이름을 붙여왔기 때문이다. 명리학과 성명학을 공부하면서 많은 책을 읽었고 관련 상담가들을 만나봤다. 두 발을 깊이 담글수록 성에 차지 않았다. 세상은 빠른 속도로 변하는데 19세기 20세기 유행가를 부르고 있는 기분이었다.

AI가 노래를 만들고 시와 소설을 쓰는 시대이다. 시시각각으로 변하는 시대인 만큼 한 사람의 성명학자 이전에 사람들의 섬세한 감성과 정서를 읽어주는 카운슬러가 되고 싶었다. 사람들의 아픈 부위를 어루만져주고 상처가 덧나지 않게 대책을 세워주는 일은 세상에 많다. 작명과 개명은 그 중의 한 분야이다.

치유로서의 성명학, 내가 여기까지 올 수 있었던 힘이다. 성명학은 사람들 속에서 함께 걷는 학문이다. 같이 걷다가 누군가 넘어지면 일으켜 세우고, 왜 넘어졌는지를 알려주고, 상처난 곳엔 약을 발라주는 역할을 하기 위해 나는 기꺼이 성명학자가 되었다. 사람들과 어떻게 하면 더 잘 동행할 수 있을까? 어떻게 해야 그들의 아픔과 고민에 더 잘 공명하는 카운슬러가 될 수 있을까 많은 고민을 하였다.

지금 이 시대를 살아가는 사람들의 큰 흐름에 맞게 상담 도구로서의 소통 언어 또한 꾸준히 확장해왔다. 역사가 장구한 학문이라고 해서 변화를 꾀하지 않는다면 낡은 학문으로 머무르게 될 것이다. 나한테 상담을 받은 분들이 이구동성으로 하는 말들이 있다.

"저에 대해서 저보다 더 잘 아세요. 마치 제 삶을 다 들여다보고 말하는 것 같아요."

이 부분이 내가 자신 있게 말할 수 있는 나만의 고유한 자산이다. 내 작명법은 이름 풀이만 하는 게 아니다. 선천운에서의 문제를 이름으로 보완할 수 있으며, 그 사람의 타고난 성정과 현재의 에너지 등을 복합적으로 분석함으로써 미래지향적인 해법을 제시해주는 '치유의 작명'이다.

A에게 좋은 이름이 B에겐 아닐 수 있다. 사주를 볼 줄 모르는 사람이 어떻게 그 사람에게 꼭 맞는 이름을 지어줄 수 있겠는가? 사주를 통한 임상과 경험이 없어서 성격심리를 분석할 줄 모르는 사람이 어떻게 그 사람에게 적합한 이름표를 붙여줄 수 있겠는가?

명리학인 사주학을 기초로 기존의 한글파동소리성명학에 사주팔자 풀이와 성격심리분석을 결합한 윤규혜 성명학은 단연 타의 추종을 불허한다고 감히 말하고 싶다. 수박 겉핥기식의 작명이 아닌, 말하지 않은 부분까지 읽고 공감해주는 치유로서의 성명학임을 자부한다. 그런 점에서 내가 하려는 말은, 이름이 중요하니 다들 좋은 이름으로 바꾸라는 것이 아니고 작명과 개명을 함부로 하지 말라는 것이다.

누구나 행복한 삶을 꿈꾼다. 행복해지기 위해서 많은 노력을 한다. 하지만 자신을 나타내는 이름에 대해서는 많은 고민을 하지 않는다. 내 이름이 나에게 잘 맞는지 정도의 의구심도 갖지 않는다. 성명학자로서 단언컨대 이름은 결코 사소한 것이 아니다. 좋은 이름은 불운을 약화시킬 수 있지만, 나쁜 이름은 그 사람의 좋은 운까지 방해할 수 있다.

한번쯤 자신의 이름을 점검해보기 바란다. 특히 자신의 삶이 너무 지난하다고 생각하는 사람, 노력만큼 일이 잘 안 풀린다고 생각하는 사람, 연인 또는 배우자를 만난 뒤 격동에 시달리고 있는 사람, 변화를 꾀하고 싶은 사람이라면 자기 이름부터 점검해볼 필요가 있다.

요새는 정보가 넘치는 시대에 살다보니 성격심리성명학이 블로그나 유튜브를 통해 많이 알려져 있다. 배우러 오는 분 중에는 운명학 종사자가 아니더라도 자신과 가족의 이름을 직접 작명하고 싶어서 배우려는 분들, 자신의 직업에 활용하고 싶어서 배우려는 분들이 늘고 있다.

　안녕한 삶, 행복한 삶, 무사한 삶의 비결을 너무 먼 데서 찾지 말자. 어쩌면 당신의 이름은 그 해답을 갖고 있을지도 모른다. 당신의 이름이 안녕해야 당신의 삶도 안녕할 수 있다.

　공인들의 이름은 학문적으로 이해를 돕기 위해 신문과 방송 등을 통해 알려진 사실을 기반으로 이름을 풀이하였다는 것을 알려 드린다.

차례

제1장 The Name

제2장 성격심리한글성명학

제3장 분석 사례들

제4장 한글소리성명학의 기본 개념

제1장

The Name

이름, 관계의 시작

김춘수 시인의 「꽃」이란 유명한 시가 있다. 이 시에는 이름이 왜 중요한지, 어떤 이름이 왜 특별한 의미로 남는지를 잘 표현하고 있다.

내가 그의 이름을 불러주기 전에는 그는 다만 하나의 몸짓에 지나지 않았다.

당연하다. 이름을 불러주어야 상대가 반응한다. 내가 불러주지 않는 모든 상대는 나에게 그저 '하나의 몸짓'에 지나지 않을 뿐이다. 이름이 없는 존재는 '그것' '저것'이 될 수밖에 없다. 인류 역사에서 의미가 없는 것에는 이름을 붙이지 않았다. 부를 일이 없기 때문이다. 사람과의 관계에서도 관심이 생기면 이름부터 묻는다. 이름을 묻지 않는다면, 이름이 궁금하지 않다면 관계를 지속하고 싶지 않다는 뜻이다.

내가 그의 이름을 불러주었을 때, 그는 나에게로 와서 꽃이 되었다.

이렇게, 관계의 시작은 '호명呼名'이다. 이름을 부르고 불리면서

●

비로소 관계가 시작된다. 하나의 몸짓에 지나지 않던 존재가 이름을 불러주니까 비로소 '꽃'이 되었다. 여기서 우리는 그 이름이 무엇이었는지 짐작할 수 있다. '꽃'이 되었다는 것으로 볼 때, 그 이름은 '꽃'이거나 '꽃'과 비슷한 존재였을 것이다. '꽃'이라는 이름이 아니고 '사자'였다면 당연히 '사자'라고 불렸을 테고, 나에게 사자의 의미가 되었을 것이다. 이름은 이렇게 그 존재를 함축하고 상징한다. 아무 이름이나 붙이면 안 되는 이유이다.

내가 그의 이름을 불러준 것처럼 나의 이 빛깔과 향기에 알맞은 누가 나의 이름을 불러다오.

성명학자로서 손뼉을 칠 수밖에 없는 대목이다. '빛깔과 향기에 알맞은 이름'이란 무엇인가. 성명학에서 말하는 '그 사람에게 꼭 맞는 이름'이다. 나아가 성격심리학으로 치면 그 사람의 환경과 심리까지 반영한 이름을 말한다. 사람은 저마다 타고난 환경과 배경이 있고, 고유의 성격과 가치관이 있다. 가장 좋은 작명이란 이런 요소를 복합적으로 반영한 것이라야 한다.

블루 빛깔에 오이 향이 나는데 호박이라고 부르면 사람들은 어리둥절할 것이다. 조용하고 차분한 성격의 여자애 이름을 차돌이라고 짓는다면 그 아이는 성인이 되어서도 자기 이름에 괴리감을 가질 것이다. 그 사람이 지닌 빛깔과 향기에 맞는 이름을 지어야 자기 이

●

름에 자긍심을 가질 수 있다.

우리들은 모두 무엇이 되고 싶다. 너는 나에게 나는 너에게

너는 나에게 나는 너에게 무엇이 되고 싶다는 생각이 관계의 시
작이다. 그럴 때 하는 게 통성명이다. 내 이름을 말하며 상대의 이
름을 묻는 행위는 곧 호감의 표시이며 예의이다. 이름이 오고가지
않으면 아무것도 시작할 수 없다. 서로의 이름이 열린 다음에야 우
리는 서로를 호명할 수 있다.

친근한 관계인가 아닌가를 보려면 서로를 얼마나 많이 호명하고
있는가 세어보면 된다. 누군가 좋아지면 자꾸 그 사람을 부르고 싶
어진다. 사람이 좋아지면 그 사람의 이름부터 좋아진다. 누군가 마
음에 안 들면 이름부터 부르기 싫어진다. 즉 관계가 틀어지면 호명
도 틀어진다.

그래서 이름은 고귀한 것이다. 결코 가볍게 이름을 지어선 안 된
다. 이름은 사람과 사람을 연결하는 고리이자 한 사람의 표식이기
도 하다. 우연히 시선을 사로잡는 사람을 발견했을 때 대부분 이런
생각을 한다.

'저 사람 누구지? 이름이 뭘까?'

TV를 보다가 처음 보는 연예인인데 관심이 갈 때에도 "이름이 뭐
야?" 하고 묻는다. 그러니 이름의 가치를 아무리 강조해도 과하다

할 수 없다. 태어난 순간부터 죽을 때까지 사람들은 자기 이름으로 불린다. 죽은 후에도 그 이름으로 기록된다. 자기가 그 이름이고 그 이름이 자기이다.

과거에는 한번 이름을 지으면 그 이름을 평생 갖고 살았다. 그래서 어떤 이름들은 사는 내내 놀림을 받았다. 그 이름을 갖고 살아갈 아이에 대한 배려 없이 지어진 이름들. 조금만 더 신중했더라면, 이름의 중요성을 알았더라면 짓지 않았을 이름들.

물론 장난으로 자녀 이름을 짓는 부모는 없다. 아이가 건강하고 행복하게 살기를 바라면서 이름을 짓는다. 하지만 심사숙고하지 않은 이름으로 인해 아이가 살아가는 동안 내내 놀림거리가 된다면 그 이름은 아이에게 분명 부정적인 영향을 미친다. 놀림 받는 이름을 가진 아이의 장래 희망이 '세상에 이름을 떨치는 훌륭한 사람이 되자'일 가능성이 얼마나 될까?

적어도 "네 이름이 뭐야?" 하고 물을 때, 당당하게 이름을 댈 수 있을 정도는 되어야 한다. 그리고 그 이름은 3살에 불리든 15살에 불리든 60살에 불리든 한결같이 잘 어울려야 한다. 아기가 아이가 되고 청소년이 되고 어른이 되고 노인이 된다. 부모가 되고 할머니 할아버지가 된다. 일생 그 이름으로 호명되는 것이다.

좋은 이름이란 항시성을 확보하고 있어야 한다. 어느 한 시기에만 맞는 이름은 좋은 이름이 아니다. 아이의 이름을 짓는 어른들에게 당부하고 싶다. 이름은 그 아이를 대표하는 표식이다. 평생 호명

되면서 아이는 그 이름에서 파동되는 의미와 에너지대로 성장하게
된다. 아이에 대한 존중과 배려는 아이의 이름을 짓는 데서부터 시
작한다. 아이는 당신이 만들어준 그 이름으로 평생 불리고 그 이름
이 인생이 되고 운명이 되어 살아갈 것이다. 이름이 모든 관계의 시
작이기 때문이다.

　아이의 이름을 가벼이 짓는 것은 아이 부모의 인생도 가벼워지
는 것이다. 자녀 이름이 그 부모의 운명에도 영향을 미치기 때문이
다. 하나의 이름 안에 자손 3대와 조상 3대가 들어가 있다. 그러니
내 아이 이름을 잘못 지으면 내 후손까지도 불행해진다. 무엇보다
도 아이의 이름은 부모가 아이에게 주는 첫 선물이다. 평생 가져갈
선물이자 죽어서까지 함께할 이름이다. 부디 신중하게 선물하시라.
이름이라는 그 고귀함.

●

21세기 성명학

상대에게 "이름이 뭐예요?" 하고 물으면 대개 '성'과 '이름'을 붙인 '성명'을 말해준다. 그래서 처음 보는 사람들끼리 서로의 이름을 주고받는 걸 '통성명通姓名'이라고 한다. 이름이 먼저 통한 후에야 사람과 사람이 통할 수 있으니 이름은 얼마나 중요한가. 지금은 어디에서 뭘 하는지 알 수 없지만 문득 떠오르는 이름들이 있다. 20년 전, 30년 전의 인연일지라도 또렷하게 기억나는 이름이 있는가 하면, 최근에 몇 번 만나 인사를 나눈 사이인데도 이름이 어렴풋한 사람이 있다. 우리가 누군가를 기억한다는 건 결국 그 이름을 기억하는 일인지도 모르겠다.

'성명姓名'에서 '성姓'은 계집 여女와 날 생生이 합쳐진 말이고, '명名'은 저녁 석夕과 입 구口가 합쳐진 말이다. 즉, 인간은 여자에게서 탄생한 존재로서 저녁이 되면 찾기 위해 불리는 게 '성명'이라는 의미이다. 저녁이 되면 어두워진다. 과거에는 전기가 없었으니 해가 지면 더 캄캄했을 것이다. 누가 누구인지 잘 모르는 상태에서 자신이 찾고 싶은 사람을 구별해내는 게 바로 이름이었다. 그러니 이름은 타인과 혼동하지 않도록 다 '다르게' 짓고자 했을 것이다.

'우리 아이 이름은 어떻게 지어야 좋을까?'

'내 아이 이름이 다른 아이와 비슷해서 혼동되니까 아예 이름을 바꿔줄까?'

성명학이라는 장르가 생기기 훨씬 그 이전부터 이런 고민이 있었다. 작명과 개명에 관한 고민은 인류 역사에서 거의 처음부터 있었다고 해도 무방하다. '이름'이라는 개념조차 정립되지 않았을 때부터 너와 나를 구별하기 위한 '그 무엇'이 있었을 것이다. 성 없이 주로 이름으로만 불리다가 중국의 영향을 받아 통일신라 때부터 성씨와 이름을 함께 쓰게 되었다. 현재 우리나라 성씨로는 530여 개가 있지만 90% 이상이 100개 안의 성씨에 집중되어 있다.

한 사람의 삶에 있어서 이름의 가치를 중요하게 생각하는 성명학이 꽃을 피우게 된 건 충효사상을 미덕으로 삼는 중국의 '유가'와 '유교' 영향 덕분이다. 유가儒家의 십삼경十三經 중 하나인 『효경孝經』에 보면 이런 대목이 있다.

신체의 머리카락과 피부는 부모에게서 받은 것이니 감히 손상하지 않는 게 효도의 시작이고, 입신출세하여 도를 행하며 후세에 이름을 날려 부모를 드러내는 것이 효도의 마침이다.

'입신출세하여 후세에 이름을 날려 부모를 드러내는 것'. 이게 바로 공자가 강조하는 '입신양명立身揚名'이다. 출세해서 당대에도 이름을 날리고 죽어서도 이름을 남기는 것이 충성이자 효도라는 것이다. 죽어서 후세에까지 길이길이 남기는 이름이니 애초에 작명할 때에도 대충 지을 수가 없었다. 신분이 높으면 높을수록, 자식이 훌륭한 사람이 되기를 바라는 마음이 클수록 '좋은 이름'을 지어주려고 했을 것이다. 당연히 작명의 기술이 발달하고 스타 작명사들이 배출되었을 터.

성명학이라고 하면 그 방법에 따라서 수리성명학, 음양성명학, 오행성명학, 용신성명학, 육효성명학, 주역성명학, 측자파자성명학, 곡획성명학, 자성성명학, 구성성명학, 신살성명학, 성격성명학, 소리성명학 등이 있다. 우리나라에선 한자 획수를 가지고 분석해온 수리성명학이 대세를 이루다가 한글이름시대가 되면서 한글파동소리성명학으로 자리를 잡아가는 추세이다.

공간이나 물질의 한 부분에서 생긴 주기적인 진동이 시간에 따라 주위로 퍼져나가는 현상을 '파동'이라고 한다. 이름을 부를 때에도 이름의 소리가 주위로 퍼져나간다. 이 파동주파수에 따라서 에너지가 조성되고 그게 모여서 그 이름 주인의 길흉화복에 영향을 미친다.

이름이 무엇이냐에 따라서 좋은 기운이 형성되기도 하지만 이름 주인을 해치는 기운이 만들어질 수도 있다. 이름 주인에게 부정적인 감정을 갖게 하는 기운이 만들어질 수도 있다. 이름의 주파수에 따라서 운명이 바뀐다는 것. 이름이 운명을 바꾼다는 말이다.

무엇보다도 한글소리성명학은 공부를 하면 할수록 그 이치에 감탄하게 된다. 한글은 세종대왕께서 소리에 근간을 두고 창제한 세계문화유산이다. 대한민국에 태어나 한글을 사용할 수 있는 한국인이야말로 어떤 국민보다 행운아이다.

한글은 입의 모양을 본따 만든 소리글자이다. 그러므로 자음과 모음의 결합 없이는 소리가 나지 않는다. 아울러 소리가 나는 모든 한글에는 각각 오행의 뜻이 담겨 있다. 오행에 의한 소리 에너지가 태어난 연도와 이름에 조화를 이루어 제2의 후천적 운명을 생성해 낸다.

한자식 이름이었던 때보다 지금이 더 작명의 묘미가 필요하다. 우리가 '이영희李英喜'라는 이름을 부를 때, "꽃부리 영. 기쁠 희야" 하고 부르지는 않는다. 한글로 '이영희' 또는 '영희야'라고만 부른다. 따라서 이름에서 한문의 뜻은 그 사람의 운명을 좌우하는 데 있어 크게 영향을 미치지 않는다. 한글성명학에서 음양오행 원리는 매우 중요하다. 한글인 훈민정음이 중국의 음양오행을 기반으로 만들어 졌기 때문이다. 사주명리학도 음양오행 원리로 이루어진 것이라서 이 둘의 원리는 서로 같다.

'음양오행설陰陽五行說'은 기호를 통해 조화와 통일을 강조하는 학설이자 유교 교리이다. 원래 독립되어 있던 음양설과 오행설을 제齊나라의 추연騶衍이 '음양오행설'로 정리한 것으로 알려져 있다. '음양설'에서 음陰은 여성성/수동성/추위/어둠/부드러움을 뜻하고 양陽은 남성성/능동성/더위/밝음/단단함을 뜻하며, 음과 양이 유기적으로 작용함으로써 우주 삼라만상의 생성과 소멸에 영향을 미친다고 보았다. '오행설'에서 오행은 수水, 화火, 목木, 금金, 토土를 가리킨다. 중국에서 가장 오래된 역사서 『서경書經』의 홍범 편을 보면, 오행의 성질을 이렇게 설명하고 있다.

수의 성질은 물체를 젖게 하고 아래로 스며들며, 화는 위로 타올라가는 것이며, 목은 휘어지기도 하고 곧게 나가기도 하며, 금은 주형鑄型에 따르는 성질이 있고, 토는 씨앗을 뿌려 추수를 할 수 있게 하는 성질이 있다. 젖게 하고 방울져 떨어지는 것은 짠맛을 내며, 타거나 뜨거워지는 것은 쓴맛을 낸다. 곡면이나 곧은 막대기를 만들 수 있는 것은 신맛을 내고, 주형에 따르며 이윽고 단단해지는 것은 매운맛을 내고, 키우고 거두어들일 수 있는 것은 단맛을 낸다.

우리나라엔 삼국시대에 음양오행설이 유입되어 우주만물의 법칙과 원리를 규명하는 세계관으로 자리잡았으며 생활 전반에도 영향을 미쳤다. 그리하여 훈민정음 창제에도 음양오행 원리를 적용한 것이다.

한글은 어금닛소리, 혓소리, 목구멍소리, 잇소리, 입술소리 이렇게 5가지 발음기관으로 나뉘어 만들어졌는데, 이 다섯 가지 발음기관에서 나오는 초성이 오행으로 이루어져 있다. 이 다섯 가지 유형을 가지고 열 가지 파동주파수로 분류하여 서로 상생과 상극의 원리에 맞추어 이름을 분석하면 그 사람의 성격과 심리를 알 수 있다. 결과를 확인할 때마다 그 원리와 이치에 감탄하게 된다.

과거 한자식 이름이 당연시되던 때에 역학자들이 한자의 획수에 음양오행을 대입하여 이름을 분석하는 '소리성명학'이란 장르가 있었지만 여러 한계가 있었다. 그러다가 1980년대에 한글 이름이 점점 늘어나면서 역학자 이우람 선생의 '자음파동소리성명학'이 세상에 나오게 되었다. 현재의 한글파동성명학은 이우람 선생의 분석 원리를 근간으로 하여 체계화되었다.

30년 가까이 작명사로 살면서 많은 이들의 이름을 작명·개명해주었다. 요즘 태어나는 아이들은 대부분 한글식 이름을 사용하기에 한글 이름으로 주로 작명해준다. 그리고 그에 맞는 한문도 같이 조합해주곤 한다. 신생아 작명을 해주면서 매번 느끼는 거지만, 한글 세대인 21세기 아이들의 출생신고서에 군이 한문을 쓰는 칸이 필요할까 싶다. 개명신고서에도 마찬가지이다.

시대가 바뀌었으니 낡은 행정도 바뀌어야 한다. 사실 한자식 이름은 그 사람의 성격이나 직업, 배우자의 성향, 자녀운, 재물운 등 길흉화복에 대한 섬세한 해석이 불가능하다. 한문으로 이름을 감명했을 때 100점짜리 이름이라도 현실적으로 그 사람의 운명에 반영되는 건 이름이 불리면서 퍼지는 기운이다.

자식을 사랑하지 않는 사람은 없다. 그리고 자녀의 삶이 술술 풀리기를 기원하지 않는 부모도 없다. 그런데 많은 이들이 잘못된 이름을 가지고 살아간다. 자녀의 이름에 문제가 있다는 걸 모르고 살아간다. 삶이 반짝반짝 빛나고 행복하기를 바라지만, 결정적인 순간에 자주 어긋나고 부서지는 이유가 잘못된 이름 때문일 수 있다는 의심은 하지 못한다.

'설마 이름 때문에?'

'이름 따위가 뭐라고 내 운명에 영향을 미칠 수 있어?'

그런 자위와 안도감은 걱정과 불안을 잠재울 수 있다. 하지만 잘못된 이름이 불러오는 불편, 불화, 불행의 파장은 조금씩 커지고 많아진다. 그리고 깊어질수록 돌이킬 수 없는 결과를 초래할지도 모른다. 당신이 그 이름을 가지고 있는 한, 그 이름으로 살고 그 이름으로 불리는 한 당신은 그 이름의 파장에서 자유로울 수 없다.

당신 이름에 당신의 미래가 있다. 그래서 이름을 지을 때 섬세한 해석과 적용이 필요하다. 결국 실력 있는 성명학자란, 실제로 작명과 개명을 많이 해본 사람이다. 가령, 이름에서 나는 파동이 '비견이 중첩되었다'고 할 때의 풀이를 보자. 이름이 선천수에 있을 때의 해석이 다르고, 천간의 배합에 있을 때와 지지의 배합에 있을 때의 해석이 다르다.

'비견比肩'이라는 것은 나와 어깨를 나란히 하고 있는 가정에서는 내 동기간이고 내 형제자매간이 되고, 사회에서는 내 직장 동료 또는 입사 동기를 뜻한다. 입사 동기이기에 경쟁심도 생기고 자극도 되어서 본인을 더 발전시키는 계기가 될 수 있다. 그러나 입사 동기로 인해 열등감에 빠지고 스트레스를 받아 직장을 그만두는 경우도 있다.

따라서 '비견'이라고 하는 것은 친구, 동료와 같이 밥도 먹고 여행도 가고 영화도 보는 가까운 관계가 되지만, 그 자리에 한 명 더 끼게 되면 묘한 갈등이 생길 수 있다. 이름에서도 비견이 1개 있을 때는 같이 나누어 먹고 잠자고 둘이 앉아서 즐거운 시간을 보낼 수 있지만, 한 명이 더 끼게 되면 그때부터 '여행을 가면 누구랑 앉아서 갈 것인가? 여행지에서 누구랑 잘 것인가?' 등등의 갈등이 발생한다.

그래서 내 친구를 소개해준 뒤 그 둘이 더 친해져서 나는 오히려 왕따가 되는 상황이 올 수도 있다. '비견이 중첩되었다'의 해석과 풀이는 그만큼 섬세하게 읽어내야 한다. 모든 명리학이 그렇듯이 성명학 또한 단순히 이론 적용만으로는 한계가 있다. 수많은 실전 사례를 통한 이론 저 너머의 인간 심리와 철학을 접목해야만 한다.

많은 분이 찾아온다. 자기 이름을 바꾸려고 하는 분들도 있고, 자기 가족의 이름을 짓거나 바꾸려고 오는 이들도 있다. 타인의 이름을 짓는 일은 나로선 숭고한 작업이자 숙명이다. 그래서 상담자 사연에 오랜 시간 귀를 기울인다. 왜 이름을 바꾸려고 하는지, 누구의 이름을 지어주려고 하는지, 그가 새로운 이름을 통해 도착하고 싶은 삶은 어떤 것인지. 2차로 사주를 분석한 뒤 대운의 흐름까지 고려하여 이름을 짓는 것은 어떤 면에선 고행과도 같다.

나는 성명학이야말로 미래지향적 학문이라고 생각한다. 나의 성격심리한글성명학은 소통과 치유로서의 성명학이기 때문이다. 누군가의 삶을 180도 바꿔줄 순 없지만, 혼란과 아픔과 시행착오의 시간을 치유하고 새 페이지를 열어줄 수 있음은 분명하다.

좋은 이름이 왜 필요한가?

이 시대를 살아가는 모두가 한번쯤 물어봐야 한다. 누구는 과거 선조들이 그랬듯이 '입신양명'하기 위해서일 수도, 누구는 부자가 되기 위해서일 수도, 누구는 좋은 대학에 들어가기 위해서일 수도, 누구는 질병에서 벗어나기 위해서일 수도 있다. 이유는 얼마든지 있다.

그리고 우리는 다시 생각해봐야 한다. '좋은 이름'을 갈망하는 우리의 목적을 좀 더 상위의 개념에 놓으면 어떨지를. 행복과 성공의 기준이 누구를 위한 것도 아니고 남들에게 보여주기 위한 것도 아닌, 나 자신의 내면을 채우고 삶의 질을 향상시키기 위한 것이 된다면 어떨까?

이름을 세상에 떨치긴 했지만, 대를 이어 비난받을 악행을 저지른 정치인이라면 과연 좋은 이름이라고 할 수 있을까? 상위권 재벌이지만 온갖 부정과 불법으로 이룬 거라면? 판사가 되었지만 정의가 아닌 불의와 타협한다면? 이들의 삶을 성공이라고 봐야 할까? 실패라고 봐야 할까? 이들의 이름은 좋은 이름인 걸까? 나쁜 이름인

●

걸까?

하루가 다르게 변모하는 최첨단시대를 살고 있다. 그런데 인간의 운명에 지대한 영향을 끼치는 이름이 아직도 구태의연한 작명방식에 머물러 있으니 답답하고 안타깝다. 세상이 달라지는 만큼 성명학 영역도 진화해야 한다. 다른 분야와 연계함으로써 확장되는 것도 필요하다.

지금까지 걸어온 성명학 여정은 철저하게 이름 주인의 삶을 위한 것으로서 변화, 발전해왔다. 그 사람에게 가장 잘 맞는 이름, 아프지 않을 이름, 많이 아파야 한다면 가급적 덜 아프게 해주는 이름, 아픈 곳을 어루만지고 치유해줄 수 있는 이름을 위해서. 이것이 윤규혜 성격심리한글성명학이며 내가 생각하는 21세기 성명학이다.

포지셔닝과 이미지메이킹

"나한테 왜 그따위로 말하는 거야?"

"내가 뭘 어쨌다고 시비야?"

흔히 싸움은 오가는 말 때문에 일어난다. 상대의 말이 기분을 상하게 하면 좋은 말이 나갈 수 없다. 말은 상대를 웃게도 하지만 원수로 만들기도 한다. 사람들은 자신의 귀로 듣는 것을 통해 입의 반응도 달라진다.

"너는 왜 이렇게 예쁘니?"라고 말했을 때 불쾌해하는 사람은 없다. 그런데 "너는 속도 좁고 인간성도 나빠"라고 말한다면 백이면 백 얼굴을 붉힐 것이다. 말에는 전달하고자 하는 내용뿐 아니라 감정과 에너지도 함께 실리기 때문이다. 그리고 이름은 일생 그 사람을 지칭하는 시니피앙과 시니피에가 된다. 이름이 주는 파동과 소리에너지가 사람들 사이에서 살아 숨쉬는 것이다.

예부터 이름의 중요성을 강조하는 말들이 많다. '호랑이는 죽어서 가죽을 남기고 사람은 죽어서 이름을 남긴다'는 유명한 속담이 있고, '좋은 이름을 가진 자는 인생에 반은 성공한 것이다'는 독일 속담이 있다. 그런가 하면 '사람은 육체와 영혼과 이름으로 구성된다'고 한 에스키모 속담도 있다.

●

일찍이 공자는 '정명순행正名順行'이라는 말로 이름의 중요성을 강조하였다. '이름이 바르면 모든 일이 순조롭다'는 것이다. 여기에서 '이름이 바르다'는 의미는 성명학적으로 그 사람에게 가장 잘 맞는 이름이라고 할 수 있다. 공자의 논지대로라면 결국 잘못 지어진 이름은 매사 장애가 될 수 있다는 것이 아니겠는가.

이름은 그 사람을 상징하는 만큼 잘 지은 이름 하나가 그 사람의 운명을 결정한다는 표현도 과하다고는 할 수 없다. 생년월일과 이름에는 한 사람에 관한 많은 정보가 담겨 있다. 한의사들이 맥과 문진을 통해 체질과 건강상태를 알아내고, 병원에서 X-ray와 초음파 검사를 통해 해당 부위의 문제를 찾아낼 수 있는 것과 같다.

이름이 정말 인생에서 그렇게 중요한가?

이름이 A인들 B인들 삶이 달라지겠는가?

이런 의문을 갖는 사람들이 많다. 이름이 무엇이든 큰 차이가 없다고 확신하는 사람들은 이름 효과에 부정적이다. 하지만 현실에서 이름은 이름으로 그치지 않는다. 이름은 그 사람을 처음 대하는 사람들에게 많은 생각을 유추하게 한다. 이름만 가지고도 이미지를 갖는다. 어떤 이름은 들자마자 박장대소를 불러오고 어떤 이름은 왠지 모를 아련함과 설렘을 안겨준다. 어떤 이름은 인간 관계에 플러스가 되지만 어떤 이름은 반감을 준다. 사람들은 시각, 청각, 후각이 가져다주는 직관의 영향을 받는 존재이기 때문이다.

유튜브에 한 남자가 올린 실험카메라 영상을 본 적이 있다. 양복을 잘 차려입은 뒤 구덩이에 빠져서 구해달라고 소리쳤을 땐 지나가던 사람들이 달려들어 남자를 구해주었다. 그런데 누추한 옷을 입고 얼굴에 지저분한 분장을 한 뒤 구덩이에서 도와달라고 손짓하자 지나가던 사람들이 외면하거나 주저하였다.

같은 사람인데 사람들의 반응은 왜 달랐을까? 차이가 있다면 행색이었다. 3초 안에 첫인상이 결정된다는 얘기가 있다. 깨끗하게 차려입은 양복은 사람들의 마음을 움직였지만, 지저분한 옷과 얼굴은 사람들로부터 경계심을 갖게 했을 것이다. 가장 먼저 보이는 것에서 사람들이 영향을 받는다는 걸 알 수 있다.

사람의 이름도 행색이나 옷처럼 직관적인 영향을 미친다. 그래서 사주는 숙명이지만 이름은 운명이 된다. 이름이 무엇이냐에 따라 운명은 얼마든지 변할 수 있다. 수강생들한테 스페인 건축가 안토니 가우디(1852년 6월 25일~1926년 6월 10일) 이야기를 종종 소개한다. 그는 자신이 설계한 사그라다 파밀리아 성당을 짓던 시기에, 하루는 저녁 기도를 하러 가다가 전차에 치이고 말았다. 공사 현장에 있었으니 몸이 땀과 먼지로 뒤범벅이 되어서였을까. 전차 운전사는 가우디 행색을 보고 노숙자로 여겨 길가에 눕혀 놓은 채 가버렸다.

사고를 목격한 사람들이 택시를 세웠지만 가우디의 모습을 보곤 세 대나 그냥 가버렸다. 가우디는 여전히 사경을 헤매고 있었다. 경찰의 도움을 받아 겨우 택시에 태울 수 있었다. 병원에 도착해서도

●

그의 남루한 행색 때문인지 의사가 소극적인 기본 치료를 해주었다고 한다. 나중에 사고 소식을 듣고 온 성당 신부가 가우디의 신분을 밝히면서 치료를 종용한 후에야 뒤늦게 제대로 된 치료를 받을 수 있었다. 하지만 가우디는 사람의 옷차림을 보고 차별하는 사람들에겐 치료받지 않겠다면서 거부하다가 교통사고 3일 만에 사망하고 말았다.

세계적인 천재 건축가가 이렇게 허망하게 세상을 뜨다니 안타깝다. 만약 가우디가 깨끗한 양복을 입은 상태로 쓰러졌다면 어땠을까? 택시 승차를 거절당하지도 않았을 테고 의사가 더 적극적으로 치료에 임했을 것이다. 이처럼 그 사람의 옷과 행색은 그 사람을 판단하게 하는 첫 정보들이다. 오죽하면 아파서 병원에 갈 때라도 좋은 옷을 차려입고 가야 대우를 더 잘 받는다는 속설까지 있을까.

일례로 한 여자가 배꼽이 다 보이는 탱크톱과 핫팬츠를 입고 거리를 활보하면서 "나는 보수적이고 내성적이에요. 나는 낯을 가리고 부끄러움을 많이 타요" 하고 말한다면 사람들은 그 여자의 말을 믿을까? 자신이 보고 느끼는 걸 믿을까? 그 사람이 입고 있는 옷이 그 사람에 대한 정보가 되듯 이름 또한 마찬가지이다.

앞의 사례처럼 어떤 옷차림은 사람들에게 나쁜 정보를 주어 나쁜 결과를 낳듯, 어떤 이름은 남에게 좋은 인상과 좋은 에너지를 주지만 어떤 이름은 자신이나 남에게 나쁜 에너지를 주어 원치 않던 결과로 이어질 수 있다. 상황에 맞지 않는 옷차림 때문에 의도치 않게 낭패를 보거나 오해를 받는 경우가 있다. 적재적소에 잘 맞는 옷차림을 한 사람을 보면 호감이 상승하고 좋은 이미지를 갖게 된다. 좋은 이름이 주는 효과도 그와 같다.

자연을 상징하는 오행을 음양으로 나눈 10개의 별로 인간의 생년월일시에 적용하는 것이 명리학이라면, 성명학은 이 자연의 원리를 우리가 쓰는 이름에 접목해서 운명의 길흉을 예측하는 학문이다. 이름은 세상에 태어나 다른 사람과 구분하여 불리기 위해 만들어진 고유명사로 동서양을 막론하고 모든 사람에겐 자신만의 고유한 이름이 있다. 이 광활한 우주에서 나의 존재를 독보적으로 만들어주는 이름이야말로 나만큼이나 귀한 것이다.

지금도 그렇지만 과거에도 누군가에게 이름을 지어주는 일은 최대의 애정 표현이다. 이 글을 읽는 분들 중 자신이 이름을 지어준 사람 또는 어떤 무엇이 있었나를 생각해보면 바로 수긍할 것이다. 내가 사랑하는 가족 또는 가까운 지인의 가족, 반려동물, 애착하는 물건들일 것이기 때문이다.

『조선왕조실록』을 보면 신분이 높을수록 작명에 공을 들였다. 이름 외에 아호, 별호, 당호, 택호, 묘호 등까지 있었다. 특히 임금 혈족은 백성과 이름이 겹치는 걸 피하다보니 잘 쓰지 않는 한자들이 사용되곤 하였다. "우리는 너희와 다르다. 우리는 존엄하다"라고 하는 우월함의 아이덴티티를 나타내려 했음을 알 수 있다.

미국의 마케팅 전문가 잭 트라우트와 앨 리스는 '포지셔닝

positioning' 개념을, 소비자에게 원하는 이미지로 부각되기 위해 활동하는 것이라 하였다. 제품의 대표 가치가 '엄선된 고급'인데 소비자가 '흔한 저렴'으로 인식한다면 포지셔닝에 실패하는 것이다. 원하는 포지셔닝 효과를 거두려면 정확한 메시지를 전달할 수 있어야 한다. 제품명 또는 브랜드명이 중요한 이유이다.

왕과 왕의 패밀리. 태어남과 동시에 남다른 이름을 부여받는 존재들이다. 특별하므로 특별한 이름을 갖고, 특별한 이름이라서 특별한 존재가 된다는 건 만고의 진리이다. 왕과 왕의 패밀리 이름을 함부로 짓지 않았다는 건 이름의 표지셔닝 효과를 매우 중요하게 여겼음을 알 수 있다. 그래서 왕들은 신하들의 이름을 개명해주곤 하였다. '내가 널 이만큼 총애한다'의 의미로 이름을 지어주었다. 지엄한 임금이 하사하는 이름이라니! 누가 그걸 마다하겠는가.

『조선왕조실록』 태조 편을 보면 이런 내용이 있다.

태조가 우라亏羅에 들어갈 적에 무너진 담 안에서 곡성哭聲이 있음을 듣고 사람을 시켜 가보게 했더니, 한 사람이 벌거벗고 서서 울며 말하였다.

"나는 원元나라 조정에서 장원급제壯元及第한 배주拜住인데, 귀국貴國의 이인복李仁復도 나와 동년同年입니다."

태조는 배주의 이름을 한번 듣고는 곧 옷을 벗어서 그에게 입히고, 말을 주어서 그를 타게 하여 마침내 그와 함께 오니, 왕이 배주拜

住에게 한복韓復이란 성명姓名을 내려주었다. 한복이 태조를 섬기되 매우 조심성 있게 하였다.

공민왕 19년(1370년), 이성계와 원나라 한배주의 일화이다. 한배주는 원나라에서 추밀원부사에까지 이른 사람인데, 이성계가 북방의 한 산성을 정벌할 때 그 위세에 눌려 벌거벗고 투항하였다. 이성계는 한배주와 고려로 복귀하여 공민왕에게 자초지종을 얘기하였다. 그러자 공민왕이 한배주의 귀화를 환영하며 판전농시사判典農寺事를 제배하였고 이름을 '한복'으로 개명해주었다. 국적이 달라졌으니 이름도 달라져야 한다는 의미였을 것 같다.

그런데 개명을 다른 누구에게 위임하지 않고 직접 작명해주었다. 이보다 더 격한 환영이 어디 있을까. 귀화한 신민이 임금에게 직접 새 이름을 받음으로써 포지셔닝이 확실해질 수 있었다. 다른 신하들에게 '텃세 부리지 말라. 내가 한 것처럼 너희도 귀하게 대우하라'는 주문이 포함된 셈이다. 한복은 그 후에도 이성계와 오래 돈독한 주종관계를 유지했다고 한다.

이름은 이처럼 그 사람의 위치를 공고하게 해주는 힘을 갖는다. 새로운 포지셔닝이 필요할 때, 이미지메이킹이 필요할 때 이름이나 상호를 바꾸는 일은 비일비재하다. 그래서 선거철만 되면 정치판에서 이미지메이킹이 화두가 된다. 이미지메이킹 또한 내가 원하는 이미지로 타인이 나를 바라보도록 이미지 전략을 짜고 관리하는 행위이다.

이미지메이킹은 정치인과 연예인뿐만 아니라 사회활동을 활발하게 하는 사람들에게도 필요한 부분이다. 특히 상담, 대고객 서비스, 영업, 마케팅 분야에서 일하는 분들은 이미지메이킹 전략에 따라서 실적과 평가에 큰 차이를 보인다. 개인, 그룹, 단체, 조직, 기업, 국가에서도 필요에 따라서 이미지메이킹을 활용한다. 상표와 브랜드는 기업의 이미지와 가치를 유지시키는 데에 매우 중요한 네이밍 분야이다. 때론 '독보적'인 가치를 유지하기 위해 서로 '원조'라고 주장하면서 음식점 이름을 놓고 법적 분쟁을 하기도 한다.

'이 이름(또는 상호)을 너는 사용하지 마라, 나만 사용하겠다.' 이런 주장이 법적으로 인정받으려면 그에 관한 요건이 성립되어야만 한다. 개인의 이름에 관해서는 불가능하다고 봐야 한다. 그런데 북한에서는 '이름 독점'이 실제 일어나고 있다. 독재권력의 우상화 작업에 이름을 강제로 독점하고 있기 때문이다.

북한에서는 오래 전부터 김○성, 김○일, 김○은의 이름을 인민들이 사용하지 못하도록 압력을 행사해왔다. 이름만으로도 무소불위의 상징이 되려면 오직 유일무이의 이름이어야 하기 때문이다. 이름이 같다면 인민들 사이에서 "정일아!" "정은아!"가 가능하다. 최고권력자들 이름의 존엄성이 훼손되는 건 그들 자체의 존엄이 위협받는 거라고 여긴 독재국가의 "우리와 같은 이름 쓰지 마!"야말로 횡포가 아닐 수 없다.

그런데 이런 이름 횡포가 또 대를 잇고 있다. 최근 북한에서는 평안북도 정주시, 평안남도 평성시 지역의 '주애' 이름을 가진 여자들에게 이름을 바꾸라는 지침을 내렸다. "최고 존엄의 '존귀하신 자제분'으로 선전되고 있는 딸의 이름이 '주애'이니 동명인을 없애라"는 것이 이유였다. 이런 상황을 두고 시사평론가들은 북한이 김○은 후계자를 김주애로 굳히고 벌써부터 우상화작업을 하고 있는 거라는 분석을 한다. 즉, 김주애의 포지셔닝을 '김○은 후계자'로 설정, 이미지메이킹 하는 데에 앞의 독재자들이 그랬듯이 '이름 독점'이란 칼을 휘둘렀다는 것이다.

이런 횡포를 통해 강제로 만들어지는 포지셔닝과 이미지메이킹은 진짜가 아니다. 이름 주인의 삶을 발전시키고 긍정적인 효과를 불러오는 좋은 이름은 그 원리가 선하고 아름다운 데서 온다. 그 사람에게 꼭 맞는 좋은 이름은 누군가와 같은 이름이라고 해서 희석되지 않으며, 이름이 같다고 해서 길흉화복이 같지도 않다. 그 사람에게 잘 맞는 좋은 신발을 신으면 좋은 곳으로 데려다준다는 말이 있다. 좋은 이름이야말로 삶의 선물이자 은총이 된다. 좋은 이름은 그 사람의 포지션을 안정적으로 구축해주며 타인에게 호의적인 이미지를 만들어준다. 그런 시간과 에너지는 나아가 한 사람의 운명을 원하는 곳으로 인도해줄 수 있다고 믿는다.

이름을 보면 사람이 보인다

이름 문제로 상담하러 오는 분들의 얘기를 듣다보면 어느새 그 사람의 인생에 깊게 들어가게 된다. 남에게 꺼내놓기 어려운 내밀한 내용까지 믿고 털어놓는 사람들에게는 절로 겸허해진다. 나를 찾아오기 전까지 얼마나 많은 생각이 오갔을까. 살면서 오랫동안 사용하던 이름을 바꿀 결심을 하는 게 결코 쉬운 일은 아니다. 삶이 술술 잘 풀렸더라면 나를 찾아오지 않았을지도. 신생아 이름 때문에 오기도 하지만 삶이 녹록하지 않다보니 개명을 하려고 오는 분들이 많다.

그런 점에서 작명사들은 훌륭한 상담자가 먼저 되어야 한다. 어떤 마음가짐으로 사람들을 맞아야 할까. 정현종 시인의 「방문객」이란 시가 있다.

사람이 온다는 건

실은 어마어마한 일이다

(생략)

부서지기 쉬운

그래서 부서지기도 했을

마음이 오는 것이다

그렇다. 누군가 내게 '상담'하러 온다는 것은 때론 그의 삶 전체가 오는 일일 수 있다. 현재의 그가 내 앞에 앉아 있지만 '다치고 부서졌던' 과거와 함께 온 것이고, '더 나은' 미래를 위해 온 것이다. '부서지기 쉬운 그래서 부서지기도 했을 마음'이 온 것이다. 이런 마음이 내 앞에 앉아 있으면 눈만 들여다보아도 그 감정이 고스란히 읽힌다.

이름을 바꾸고자 왔다는 건, 새 이름에 거는 기대가 있어서이다. 그러니 그 이름의 주인이 어떤 사람인지 알아야 한다. 탄생일인 사주를 보지 않고도 오로지 이름만으로 내담자의 자라온 환경, 성격과 심리를 알 수 있어야 하며, 내담자와의 긴밀한 소통을 통해서 결핍과 고통을 나누며 이해해주는 시간이 필요하다. 그 사람의 상처나 고통이 깊을수록 얘기가 길어진다. 그 시간만큼은 온전히 그에게 내 귀를 기꺼이 내어준다. 그가 하려는 말을 하나도 흘리지 않으려고 온 마음을 다해 집중해서 듣는다.

"이름 때문에 내 삶이 이렇게 팍팍한가요?"

이름을 바꾸러 오는 사람들은 대부분 자기 이름에 대해 이런 회의감을 갖는다. 그래서 더 할 말이 많다. 때론 간곡하고 때론 절실하다. 어떤 대목에선 웃음이 터지고 어떤 대목에선 눈물이 쏟아진다. 삶의 질곡에서 벗어나고 싶은 사람들. 단지 들어주는 것에서 그

●

치면 안 된다. 살아오면서 넘어지고 밟히고 부서진 지점들의 슬픔과 분노와 상처를 잘 들어줄 귀가 필요하고, 진심어린 공감이 필요하다. 그리고 최선을 다해 치유해주어야 한다.

"당신은 이러한 성향의 사람이라서 이 부분이 더 아팠을 거예요."

"그 사람은 이런 기질로 인해 당신에게 매번 죽고 싶게 만드는 상처를 주었을 겁니다."

작명사는 이름만 잘 지어주면 된다고 생각하지만 그건 오산이다. 일반적인 작명사들이 작명술사로서의 역할에만 머무는 건, 소통과 치유로서의 상담 영역에 미처 닿지 못하기 때문이다. 또는 그건 자신들이 할 일이 아니라고 생각하기 때문이다.

오랫동안 성명학에 몸담고 있으면서 많은 이들을 상담해왔다. 내가 만나본 거의 모든 이들이 제각각 고민과 고통을 안고 있었다. 그 무게와 크기만 다를 뿐이지 아무런 문제도 갖고 있지 않은 사람은 없었다. 그들과 대화를 나눌 때마다 '작명' 이상의 해법이 필요하다는 생각이 들었다. 그래서 탄생한 것이 '윤규혜 성격심리성명학'이다.

그 사람의 이름을 보면 그 사람이 보인다.

성명학을 잘 모르는 이들은 이 말에 동의하지 않을 거라는 걸 안다. 하지만 27년을 성명학계에 머물러 있었던 나로선 아무리 강조

해도 과하지 않은 명제이다. 과장되게 표현하자면, 한 사람의 이름은 그 사람의 X-ray처럼 그 사람의 인생과 성격심리가 투영된다. 이름은 그 사람이 설명하는 "나는 이런 사람입니다"보다 더 정확하게 그 사람을 설명해준다.

우리는 우주의 오행 원리 안에서 살고 있다. 이름을 통해 배우자의 바람기를 진단할 수 있고, 배우자가 될 사람의 폭력성을 예측할 수 있고, 신분을 감추고 온 무속인의 신기를 읽어낼 수 있다. 나아가 그 사람이 겪고 있는 심리적인 갈등의 원인을 찾아낼 수 있으며 우울증, 공황장애, 화병과 같은 심리상태까지 읽어낼 수 있다. 이런 성향을 파악함으로써 당사자에게 주의시킬 수 있는 것 또한 성명학이 지닌 효용 중 하나이다.

한글성명학, 사주명리학, 심리학, MBTI 성격활용 등을 섭렵한 덕분에 누구보다 이분야 최고라고 자부할 수 있다. 오래 전, 체계적인 공부를 두루 거친 뒤 제일 먼저 데이터 스크리닝을 해본 대상은 나였다. 내 분석법이 정확한 거라면 나와 내 가족을 적용해봤을 때 납득할 수 있는 결과가 나올 거라고 생각했다.

나는 왜, 경제력 좋은 남자보다 성격 좋고 똑똑한 남자를 원했을까?

나는 왜, 선보는 자리에서 남편감이 셋째 아들임에도 시어머니를 모셔야 한다고 했을 때 긍정적으로 생각했을까?

나는 왜, 어머니보다 아버지를 더 따르고 존경했을까?

●

아버지는 왜, 다른 자식보다 유독 나를 더 아껴주었을까?

아버지는 왜, 나를 많이 사랑하면서도 엄하게 대하셨을까?

나는 왜, 자주 외로운 마음이 들까? 등등

이런 물음들을 던져놓고 하나씩 풀어보고 남편에 대해서도 궁금한 부분들을 대입해보았다. 남편의 성격과 언행, 생활습관 그리고 딸들을 대할 때의 언행. 남편이 귀가하면 왜 딸들 먼저 찾지 않고 항상 아내인 나부터 찾았는지. 항상 아내를 위하고 존중해주던 남편의 성격과 심리는 사주의 어떤 부분 때문에 그런 것인지 등등.

그리고 두 딸에 대해서도 내가 공부한 것들을 대입해 풀어보았다. 큰딸이 아버지를 대하는 행동, 큰딸이 여동생을 대하는 행동, 큰딸이 엄마인 나를 대하는 행동, 내가 바라보는 큰딸의 성격과 심리. 내가 바라보는 작은딸의 성격과 심리 그리고 언행. 큰딸이 생각하는 엄마의 성격과 심리. 작은딸이 생각하는 엄마의 성격과 심리 등등.

그리고 내 주변 사람들도 하나씩 분석해보았다. 그런 다음 비로소 나는 확신을 가질 수 있었다. 내가 오랜 시간 공들여 내 것으로 만든 관련 분야들은 한 사람의 심리와 성격, 생활습관, 성향, 방향성 등을 파악하는 데에 매우 탁월하였다. 성명학 원리만 가지고 작명을 하면 정보 제한이 있어서 결과도 미흡할 수밖에 없다. 하지만 그 사람의 사주를 분석하고 심리를 분석하고 성향을 알고 성명학 원리를 대입하면 맞춤옷처럼 정확해진다.

사주를 통해 질병을 알아내는 일이 쉽지 않듯이 직업 분야도 워낙 광범위하고 이직률도 높아서 성명을 통해 직업을 밝혀내는 일도 쉽지 않다. 그렇지만 시대가 바뀌고 아무리 직업군이 많아져도 그 사람이 갖고 있는 탄생일인 사주와 이름의 파동주파수 범주 안에서 움직이고 있다는 걸 알 수 있다. 한글 이름의 첫소리가 갖고 있는 육친의 기운을 내담자의 탄생일인 사주에서 찾아보았더니 사주의 월령, 월주, 일주, 시주, 년주 중에서 특히 월령, 월주, 일주와 공통점이 있었다. 사주에는 안 보이는 육친이지만 사주에서 필요한 오행의 육친과 희·용신의 육친이 이름의 첫소리에 나타나 본인의 사주에서 파악되는 직업 분류가 일치하는 걸 볼 수 있다.

나는 사주팔자로 보았을 때 교육자의 역량을 찾아보기 어려웠다. 그런데 책을 보면 기분이 좋아져서 책을 사는 데엔 돈을 아끼지 않았다. 성인이 되어선 부모님의 영향으로 사업 분야에 관심을 가졌었고, 명리학을 공부하면서 교육 분야에 발을 들여놓았다. 그런데 내 개명 전 이름은 교육자 이름이었다. 참으로 신기한 것이 30년 대운이 교육과 문서와 관련된 운으로 흐르고 있었기에 더 교육과 인연을 맺어온 듯하다.

뒤의 표에서처럼 비견은, 공동의식이 강하고 조직단체의식이 강하며 우두머리 기질이 있기에 다른 사람들의 지시나 간섭을 싫어하기에 개인적인 일을 하는 것이 좋다. 사회에서 활동하는 직업이나

한글성명학의 첫소리 수와 직업 분류

소리수	직업 관계
1 비견	자영업, 프리랜서, 스포츠, 변호사, 언론사, 물류유통, 납품업, 건축, 사업, 정치, 외교, 종교계, 의사, 농·축산업, 피아노, 미술학원 등
2 겁재	정치인, 법률, 기자, 비서직, 인기업, 목축업, 의류업, 외교, 영업직, 교육, 학원 및 공익사업, 육영사업, 기술직, 전문직, 의사, 운동선수, 요리사 등
3 식신	학문, 예능, 예술, 건축, 원예, 서비스직, 강사, 교사, 의사, 연구원, 사회복지사, 제조업, 교수, 호텔, 요리사. 요식업 등
4 상관	예술가, 교육계통, 발명가, 역술가, 중개사, 미용사, 의료업, 첨단 유행업, 디자이너, 종교계, 의약업, 무속, 코디네이터, 대변인 등
5 편재	상업, 금융계, 운수업, 의사, 간호, 외교, 통신, 판매업, 운동선수, 사업, 요식업, 의류업, 군경, 부동산업, 정치인, 무역, 부동산 등
6 정재	금융업, 상업, 세무사, 회계사, 부동산, 경영, 특허, 신용사업, 정치, 법률, 군경, 실업계통, 의사, 교육, 예능, 종교, 대행사업 등
7 편관	군인, 경찰, 기술, 건축, 토목, 운수, 예술인, 법조 판검사, 교도관, 군무원, 종교지도자, 장성, 형무관, 정치인, 경호원 등
8 정관	정치, 법률, 교육, 공무원, 대기업, 샐러리맨, 관공서, 교사, 연구원, 교수, 군인, 경찰, 비서, 총무 등
9 편인	학자, 예술가, 의사, 약사, 종교인, 역술인, 미용사, 교육, 강사, 연예인, 방송, 작가, 화가, 작곡가, 디자인 등
0 인수	학자, 교육자, 예능, 정치, 종교, 군경, 법률, 역사, 지리, 고전, 실업계, 전통업, 문화, 예술. 저술, 행정, 출판 등

조직 간의 협동을 통해 성취감을 얻는 국회의원, 기획실, 비서 등의 직업이 좋으며 운동선수나 자기만의 기술을 가지고 일을 하는 것이 좋다.

겁재는, 양인 기질이 강해서 남에게 지기 싫어하므로 운동선수, 경호원, 조직원 등이 많고 국회의원, 육영사업가, 학원장, 단체장, 외교가, 영업직, 회사 대표 등에도 많다. 군인과 경찰조직의 고위직, 의사, 외과 의사 등의 전문직이 잘 맞는다.

식신은, 표현 능력이 뛰어나 연예인, 가수, 아나운서 등이 적성에 맞으며 기술력을 바탕으로 특허제품 사업가, 전문기술을 활용하는 연구기관의 연구원, 과학자, 공무원 등이 좋다.

상관은, 전문적으로 표현 기술이 뛰어나고 창의성이 발달하여 개발직, 발명가, 비판의식과 설득력이 강하니 논설위원, 평론가, 변호사, 노무사, 언론사 등이며 공무원을 할 경우는 조직적으로 감사, 조사하는 일에 잘 맞는다. 연예인, 가수, 개그맨도 적성이 맞는다.

편재는, 수리능력이 뛰어나므로 회계사, 은행원, 세무사, 증권회사 등 금융계통이 잘 맞으며, 이재에 밝아서 통계를 바탕으로 하는 전문 경영인과 사업에 잘 맞는다. 의사로는 성형외과, 피부과, 산부인과 계통이 적합하며 여성의류 판매업, 외교통신원, 무역가, 운전직도 잘 맞는다.

정재는, 성실하며 정확하고 꼼꼼하기에 섬세한 계산능력을 발휘할 수 있는 금융계통이나 기업의 재정담당직이 잘 맞는다. 정치, 법률, 교육계 등도 잘 어울린다.

편관은, 판단력과 실행력이 뛰어나 군인, 경찰이 잘 맞고 명예욕이 강해서 정치인도 적합하고 전문경영인으로도 잘 맞는다.

정관은, 체면을 중요시 여기며 명분을 지키려고 하고 준법정신이 강해서 타인에게 모범적인 사람이다. 보수적이고 성실해서 공무원, 대기업, 정치인, 교육, 연구원 등이 잘 맞는다.

편인은, 추리와 직관이 뛰어나고 순발력이 좋아서 기자, 전문기술자 등의 직업에 잘 맞는다. 예술가, 작가, 방송인, 연예인, 의사, 종교인, 교육, 강사, 약사, 방송계통, 화가, 작곡가 등에도 잘 맞는다.

정인은, 선비 기질이 있고 체면을 중요하게 생각하므로 교육, 학자, 전통업을 잇는 직업, 고전, 실업계, 정치, 종교에 어울린다.

이처럼 이름으로 성격이나 직업 등을 알 수 있고 건강도 알 수 있다. 중국에서 가장 오래된 의학서『황제내경』의 '장부론臟腑論'을 보면 인간의 질병을 음양오행론에 의거하여 분류하고 있다. 사주의 음양오행 원리와 한글성명학의 음양오행 원리로도 건강을 예측할 수 있는 것이다.

이름을 부를 때마다 우리의 입을 통하여 말하는 소리의 파동은, 발음 오행에 해당하는 인체의 장기 에너지가 작용하는 힘이 입을 통해서 배출되는 것이기에 이름의 소리 기운이 다를 수밖에 없다. 따라서 같은 사주라도 이름에 따라서 사람의 성격과 인생의 길흉화복이 통변에서 매우 달라진다. 그리고 이름의 자음만 보느냐 모음도 함께 보느냐에 따라서 정보를 얻는 차이가 매우 크다.

그러므로 '이름을 보면 그 사람이 보인다'는 전제는 성명학, 사주 명리학 등등 복합 데이터 스크리닝을 했을 경우에만 해당한다고 할 수 있다. 이런 다양한 분석 지표들을 배제한 채 단순히 성명학 원리만 가지고 이름을 지으면 한계가 있다. 더 나은 삶을 살려고 개명해도 그 효과가 기대에 미치지 못할 가능성이 높다.

다른 작명사한테 받은 이름으로 개명을 한 뒤에 "개명하고 몇 년이 지났는데도 개명 전과 달라진 게 하나도 없어요. 선생님은 다르다고 추천해서 찾아왔습니다" 하는 분들이 종종 있다. 물론 개명했다고 해서 모든 사람의 운명이 드라마틱한 반전의 삶을 살게 되지는 않는다. 특히 내담자의 탄생일인 사주를 보지 않고 작명하는 건 눈을 가린 채 손의 감촉만으로 사물을 식별하는 것처럼 모든 정보을 읽어낼 수 없다. 모르면 모르는 채로 '블라인드 분석'으로 한 작명이니 그 이름이 의뢰자에게 꼭 맞는 이름이 될 확률은 희박하다.

사람들이 개명하고 싶어도 막상 결심을 꺼리는 이유라고 본다. 이름이 중요하다는 건 알겠는데 주변에 개명해서 효과를 봤다는 사람이 드무니 개명을 망설이게 된다. 많은 작명사들이 공부가 덜 된 상태에서 너도나도 이름을 지어주고 있는 게 가장 큰 문제이다. 결과가 나쁘니 여기저기에서 '이름은 운명에 아무 상관 없다' '개명하지 마라. 돈만 버린다' 하는 불평들이 나오는 거다.

한번은 지방에서 30대 초반 청년이 상담을 받으러 왔다. 전화 상담을 몇 번 해준 적은 있지만 대면하는 건 처음이었다. 그는 자신의 이름과 같이 맑고 깨끗한 인상을 주었다. 그의 이름을 감명해보니 우울증 기질이 있었고, 허리와 다리가 좋지 않을 것 같았다. 내 말을 들은 그가 고개를 끄덕였다. 학창시절에 달리기를 하면 하체에 갑자기 힘이 빠져서 무기력해졌다는 것이다.

고모 네 분이 모두 갑상선 질환으로 고생했으며 본인도 오랫동안 갑상선 질환과 우울증, 공황장애를 앓다 자살 시도한 일도 있다고 했다. 처음엔 이유도 모른 채 갑자기 심장이 빨리 뛰면서 당장이라도 죽을 것 같은 공포에 휩싸여 응급실로 달려가곤 했었다고 한다. 그러면서 대인기피증까지 올 만큼 우울이 깊어지고 삶의 의욕이 저하되었던 것이다.

그런 아들을 염려한 부모님이 6년 전에 아들 이름을 개명해주었다. 작명사에게 한문 이름을 받아서 계속 사용하고 있는데 생활이 개선되기는커녕 우울증이 심해서 직장생활도 관둔 채 정기적으로 병원 진료를 받으면서 약을 먹고 있다고 했다. 30대 초반의 나이에 수년을 그러고 있자니 답답한 마음에 포탈사이트를 많이 검색해보았던 것 같다. 그러다가 내 블로그와 유튜브에서 '치유로서의 성명학'이란 말을 듣고 전화 상담을 먼저 받았고, 이번에는 직접 만나서 상담을 받고자 찾아온 것이다. 이미 나는 그의 처음 이름과 두 번째 이름 감명을 통해 과거와 현재 그가 겪었을 문제들을 짚어주었다.

우울증과 공황장애 그리고 순환기 계통의 안 좋은 파동주파수 배합을 지니고 있으므로 이런 증상들로 고생할 수 있다고 했었다. 미자격자들이 작명을 하니 내담자의 탄생일인 사주도 볼 줄 몰라서 신약한 사주의 이름에 더욱 신약한 사주로 이름을 지어준 것이다. 근본 문제가 제거되지 않아서 계속 건강이 안 좋고 정신까지 피폐해질 수밖에.

자신의 이름 두 개를 정확하게 풀어주어서인지 그는 내 앞에서 무장해제되어 지난날의 고통과 좌절에 대해 비교적 자세하게 말해주었다. 젊은 나이에 얼마나 답답하고 막막했을지 짐작되었다. 그의 소망대로, 건강하고 밝은 삶으로 인도해주는 새 이름을 만들어주고 싶었다.

이분은 토와 금이 많은 사주로 재성과 관성으로 신약한 사주를 가졌다. 그래서 사주에서 필요한 목과 수를 중심운에 넣어서 힘을 보태주었다. 사주의 육친통변 원리를 접목해서 만들어진 한글성명학이라면, 육친통변이 사주 일간의 상생과 상극의 원리로 이름을 감명해야 한다. 이름에 대한 문제점을 실제 탄생일인 사주를 보고 그 일간에 맞추되, 사주에서 필요한 귀인(희신과 용신)을 기준으로 작명해야 한다. 그리고 실제 탄생일인 사주에서 토와 금이 많다면 그에 필요한 것을 기준으로 이름의 균형을 맞추어주어야 한다. 이러한 원리를 모른 채 내담자의 성姓을 마음대로 사주라고 칭하면서 이름을 지어주고 있으니 개명 효과를 볼 수 없었다.

●

그 청년이 새 이름을 지어간 지 몇 년 뒤 전화를 해왔다. 안부를 물었더니, 개명 덕분에 잘 지내고 있다면서 이번엔 아버지 이름을 개명해달라고 해서 기쁜 마음으로 응했었다. 부디 바라건대 그의 앞날에 밝고 건강한 에너지가 그와 그의 주변을 환하게 비추기를. 숨이 막힐 듯한 공포, 갇혀 있는 듯한 공포도 더는 그의 것이 아니기를. 부모의 바람대로 건강한 모습으로 멋지고 당당한 사회 구성원이 되어 매일이 빛나기를.

●

얼마예요?

어느 날 전화가 왔다. 손주 이름을 아들 내외가 자신과 의논 없이 마음대로 지어서 출생신고를 했다면서 하소연을 하였다. 그러면서 TV에도 나온 유명한 작명사에게 두 자녀와 친인척 이름을 개명하였는데, 요즘 내 유튜브 영상을 보니까 개명이 잘못된 것 같다는 것이었다.

"손주 이름하고 우리 애들 이름 감명 좀 해주세요. TV에도 나오니 실력 있는 분이라고 믿고 이름을 받았는데 선생님 유튜브 영상을 보니까 선생님이 진짜 같아요. 선생님이 좋은 이름 아니라고 하면 가서 따져야겠어요. 작명료를 돌려달라고 할 거예요."

이런 분들에겐 무조건 말리고 본다. 맛집으로 유명하대서 밥을 시켰는데 다 먹고 나서 맛없다고 환불을 요구하면 누가 돌려주겠는가. 본전 생각이 나도 할 수 없다. 유명하다고 다 맛집인가? 맛집이라고 소문만 무성한 식당도 얼마든지 있다. 냉정한 말이지만 진짜와 가짜를 구별해내는 안목은 철저히 소비자의 몫이다.

작명의 세계에도 진짜와 가짜가 공존한다. 엄밀하게 말하면 공부가 안 된 사람들이 전문가 행세를 한다는 것이다. 이들이 작명 분야에 우후죽순 양산되면서 폐해가 크다.

●

실력도 없으면서 자칭 최고 행세를 하면서 고액의 작명료를 받는다. 실력이 없으니 질보다 양으로 승부를 보자는 심산에서 초저가 작명을 남발한다.

둘 다 문제이다. 소비자 입장에서는 실력의 우월을 구분할 수 없다. "내가 최고입니다" 하면 그런가 보다 하고, "TV에도 나오는 사람이야" 하면 실력자라고 착각한다. 게다가 실력이 차이나면 얼마나 날까 거기서 거기겠지 하는 안이함도 있다. 그러니 작명료 싼 곳이 장땡이란 생각을 하는 분들도 많다. 친한 이들끼리 모여서 작명 경험을 나누다보면 가장 많이 나오는 말이 "얼마예요?"이다.

"세상에, 너무 비싸네요 거긴."

"네? 거긴 반 값이에요? 그럼 거기 가봐야겠네요."

이런 반응들을 보자면, 30년 가까이 공부를 해오면서 전문성을 심화, 확장해온 나 같은 사람들은 씁쓸할 수밖에 없다. 전화를 걸어 신생아 이름을 짓고 싶다면서 대뜸 "얼마예요?" 하는 이들도 있다. 가격을 말하면 화들짝 놀라면서 "어멋, 비싸네요" 하고 끊어버린다. 아기의 안녕과 행복을 위해 일생 불리게 될 좋은 이름을 원하면서 그 비용을 지급하는 데에는 인색하다. 그러면서 저가 작명소를 찾아다닌다.

이름이 좋아야 한다는 생각은 확고한데 실력 있는 작명가를 주장하지 않는 괴리가 사람들에겐 있다. 물론 모두 그런 건 아니다. 작명에 관한 상식이 있는 분들은 '얼마'보다는 '누구'에 더 집중한다. 작명 또는 개명을 해본 사람들은 모를 수가 없다. 한두 해 시간이 지날수록 이름 효과가 드러나기 때문이다. 작명은 수학처럼 정직하고 정확하다. 틀린 공식을 대입하면 틀린 답이 나오는 게 수학이다. 공식과 원리가 적재적소에 잘 사용된 좋은 이름은 좋은 기운을 주고받으면서 이름 주인의 삶을 순조롭게 이끌어준다. 그걸 아는 사람들은 가격을 선택의 우선순위로 두지 않는다.

이름을 바꾸려는 건 대부분 자신에게 뭔가 부족한 부분을 보완하기 위해서이다. 어떤 부분은 눌러서 약화시키고 어떤 부분은 강화시켜야 한다. 그리고 당사자가 원하는 삶에 있어서 결핍된 부분은 채워주어야 한다. 그걸 자유자재로 할 수 있어야 그 사람에게 딱 맞는 이름을 만들어줄 수 있다. '아는 만큼 보인다'는 말이 있다. 이름도 아는 만큼 보이고, 아는 만큼 좋은 작명이 나온다. 그렇다면 어떤 사람에게 작명을 의뢰해야 할까?

좋은 소리에너지를 주는 이름을 정확하게 찾아낼 줄 알아야 한다.
탄생일인 사주를 해석해서 이름과 잘 맞는지를 판단할 줄 알아야 한다.
탄생일인 사주의 길흉을 분석하여 약점을 보완하고 조화를 이루는 이름을 지을 줄 알아야 한다.
한 사람의 결핍과 상처를 보완해주는 이름을 지을 줄 알아야 한다.

●

타인의 아픔에 같이 울어줄 수 있는 공감 능력이 있어야 한다.

공부와 연구를 멈추지 않아야 한다.

자기 직업에 자부심을 느끼고 있어야 한다.

예의가 바르고 모든 사람을 귀하게 여길 줄 알아야 한다.

이 중에서도 제일 중요하게 꼽는 게 탄생일인 사주를 해석해서 이름과 잘 맞는지를 판단할 줄 알아야 한다는 것이다. 이 부분은 작명사의 실력을 검증하는 가장 기본에 속한다. 그 다음 중요한 게 작명사의 인격이다. 인간으로서의 소양이 부족한 사람은 타인에게 좋은 이름을 내놓을 가능성이 희박하다. 좋은 이름을 도출해내는 과정은 분석과 성찰을 수반한다. 좋은 이름을 만들어주고 싶은 그 열망이야말로 배려의 또 다른 얼굴이다.

그런데 소양이 부족한 사람은 그 열망도 크지 않다. 하나의 좋은 이름이 나오기까지 집요하게 생각하고 분석하고 구성하고 허물고를 반복해야 한다. 그걸 끝까지 밀어붙여 '마침내 좋은 이름이여!' 할 수 있는 사람은 결국 인간 자체를 귀히 여길 줄 아는 사람이다. 실력과 덕목을 두루 겸비한 작명사에게 가겠는가, 실력 없는 저가 작명사에게 가겠는가. 이 고민은 답이 뻔한 것 같아도 막상 현실에서는 갈팡질팡하는 게 사람 마음이다. 요즘은 명리학으로 사주팔자를 볼 줄도 모르면서 유튜브의 화려한 썸네일과 홍보활동으로 실력자 행세를 하며 고가의 작명료를 받는 이들이 많다.

작명하다 보면 회피하고 싶을 때도 있다. 원래 이름이 안 좋아서 고생하다가 개명하려고 찾아온 여자가 있었다. 사주를 보니까 다음 대운이 매우 안 좋았다. 이름을 바꾼대도 큰 흐름을 피할 순 없을 것 같았다. 난감해서 돌려보내고 싶을 정도였다. 그런데 그분은 자기 좀 살려달라고 애원하였다.

사주는 숙명이다. 내가 원하는 날 태어난 것이 아니라 부모에 의해서 태어났기에 숙명적인 것이다. 하지만 이름은 운명이다. 왜? 내가 이름을 바꿀 수 있기 때문이다. 아무리 부모라도 자식이 운을 바꾸기 위해서 이름을 바꾼다고 하면 말릴 수가 없다.

부모가 이혼한 뒤, 아버지 성에서 함께 사는 어머니 성으로 바꾸는 사례를 본 적이 있다. 자기 성이 배제되는 게 내키지 않던 아버지는, 본인의 성과 전 부인의 성을 함께 넣어서 네 글자 이름으로 바꾸라고 했지만 당사자가 원하지 않았다. 이혼 후 홀몸으로 자기를 키워주는 어머니에게 그렇게라도 감사하고 싶었는지도 모르겠다.

좋은 이름이냐 나쁜 이름이냐의 기준이 모두에게 같을 수는 없다. 예전에 역무원이었던 분의 이름을 봐준 적이 있다. 이름에 돈과 여자가 없었다. 대개는 한숨을 쉬면서 이름 탓을 했으련만 그는 자신에게 주어진 순리대로 살겠다고 했다. 그 사람이 그걸 심각한 결핍으로 여기지 않는다면 돈과 여자가 없다고 해서 나쁜 이름은 아니다.

돈이 많아도 병약하다면 좋은 이름을 가졌다고 할 수 없다. 돈은

●

없어도 건강한 이름이 있다. 즉 나쁜 것만 있는 것은 아니다. 좋은 것이 있으면 나쁜 것이 있고, 나쁜 것이 있으면 좋은 것도 있다. '이름에 남편이 깨졌다'고 나쁜 것만은 아니다. 사람에 따라서 그건 결핍이지만 어떤 사람에게는 아무 일도 아닐 수 있다. 남편과의 불화로 싸움이 잦았던 여자에겐 희망의 메시지가 될 수 있다.

세상에 작명사는 많다. 어떤 작명사는 이름을 통해 누군가를 다치게 할 것이고, 어떤 작명사는 누군가의 상처를 덧나지 않게 치유해줄 것이다. 이름은 누가 짓느냐에 따라서 이름 주인을 위험에 빠뜨릴 수 있다. 이 간단한 이치를 기억해야 한다. 그래서 이름을 바꾸려고 할 때 제일 먼저 던지는 말이 "얼마예요?"여서는 안 된다. 만약에 비용이 부담돼서 저가 작명에 내 미래를 맡길 생각이라면 당장 버려라.

어떤 작명은 당신이 직접 짓는 것보다 결코 낫지 않다. 궁극적으로 모든 잘못된 이름은 '나쁜 이름'이다. 자격 미달의 작명사한테 나쁜 이름값을 치르는 우를 범하지 말아야 한다. 당신의 이름이 당신의 운명을 어디로 데리고 갈지 두렵지 않은가? 혹한의 날씨에 맨발로 벌서는 것과 같은 시간을 살게 될지도 모르고, 봄날에 마차를 타고 박수갈채를 받으며 시상식장에 가는 것과 같은 시간을 살게 될지도 모른다.

그럴듯한 운명을 꿈꾸지 않는 이는 없다. 태어날 때 정해지는 게 사주라면 이름은 언제나 문이 열려 있다. 조금 다른 운명의 문을 열

●

어볼 기회, 곧 닥칠 폭우를 피해갈 기회, 불행을 약화시킬 수 있는 기회 말이다. 그러니 이름을 바꾸려거든 "얼마예요?"를 외치지 말고 "실력 있는 작명사는 누구인가?"를 외치라. 분명 당신의 삶을 오늘보다 덜 위험하면서 멋진 곳으로 데려다줄 것이다.

겨울까지 살아 있으면 찾아뵐게요

"모든 사람과 인연을 끊고 싶어요."

작년 여름 어느 날, 내 블로그 글을 보고 전화했다며 지방에 사는 젊은 여성이 비대면 상담을 청해왔다. 대뜸 이렇게 말하는 그녀는 사람들에게 상처를 많이 받았는지 목소리에 힘이 하나도 없었다. 한창 사회생활하며 인생을 즐길 나이에 자신을 아는 모두와 인연을 끊고 싶다고 했다. 살고 싶지 않다고도 했다.

"저를 아는 사람들로부터 잊히고 싶어요. 핸드폰 번호를 바꾸려고 하는데 저에게 맞는 번호를 알려주실 수 있을까요? 사람들과 나쁘게 얽히지 않는 번호로요."

한마디 한마디 말하는 것도 힘겨운 것 같았다. 얼마나 사람들한테 마음을 다쳤으면 이런 생각까지 했을까. 사주와 이름을 받아 풀어보니 그즈음 개명했다는 이름이 썩 좋지 않았다. 하지만 개명 신청 서류를 이미 접수한 상태라고 해서 이름이 나쁘다는 말을 선뜻 할 수 없었다. 작명소에 가서 받은 이름인데 안 좋다고 하면 기분이 좋을 리 없을 테니까. 개명을 유도하는 것 같은 오해를 받기도 싫었다.

그런 게 아니더라도 다른 곳에서 받은 이름을 "나쁜 이름입니다" 하고 말하는 게 편치 않다. 성명학자로서 '어떻게 이런 나쁜 이름을 지어주고 돈을 받을 수 있지?' 하고 화가 날 때가 종종 있지만 가급적 우회적으로 말해주고 있다. 사람에 따라서 바로 달려가서 "이봐, 다른 사람이 그러는데 당신이 지어준 이름 엉터리래! 당장 돈 돌려줘!" 하면서 따지기도 하기 때문이다. 작심하고 작명사들을 이간질시켜 분란을 유도하는 작명사도 있다.

이론적으로 따져서 상대가 얼마나 엉터리로 작명했는지 증명할 수 있지만 그런다고 "아이쿠, 제가 실력이 없어서 그런 실수를 했네요" 하고 인정할 사람이 없으므로 가능하면 대적하지 않으려고 한다.

이름을 가르쳐주었으니 당연히 자기 새 이름이 어떠냐고 그녀가 물었다. 내 입에서 "개명 잘했네요" 하는 대답을 기대했으리라. 그래도 거짓으로 대답할 수 없으니 내 유튜브 채널을 들어가 보라고 했다. 관심이 있으면 열심히 내 강의 동영상을 볼 것이요, 안 봐도 할 수 없는 일이었다. 그런데 다음날 다시 전화를 해왔다. 나한테 다시 이름을 받고 싶다는 거였다.

그래서 그녀에게 핸드폰 번호로 사용할 번호들과 새 이름을 지어주었다. 구체적인 사연을 말해주진 않았지만 그녀에게서 비감과 절망을 읽었기에 더 공을 들였다. 부디 새 번호와 새 이름으로 다른 삶을 살게 되기를 바라면서. 마지막으로 통화하면서 그녀는 이렇게 말했다.

"선생님, 제가 겨울까지 살아 있으면 찾아뵐게요."

그 순간 가슴이 쿵 내려앉는 것 같았다. 꼭 그러자고 말했지만 한

●

동안 그녀를 떠올리면 나도 모르게 눈시울이 젖었다. 그 이후에도 불쑥 그녀 생각이 나면 속으로 '잘 지내고 있지요? 잘 이겨내고 있지요?' 되뇌곤 하였다. 그렇게 여름이 지났고 가을이 지났다. 그리고 12월이 얼마 남지 않았을 때였다.

정말 그녀에게서 전화가 왔다. 서울 오는 길에 만나고 가겠다고 했다. 어찌나 반갑던지 나도 모르게 목소리가 상기되어 "좋아요, 좋아요"를 연발했다. 그리고 내 상담소로 그녀가 찾아왔다. 안으로 들어서는 그녀를 보니 곱고 청순하게 생긴 미인형이었다. 여름과 달리 목소리가 밝고 힘이 있었다. 만나서 5분도 지나지 않아 금방 알았다. 내 바람대로 그녀가 새로운 삶을 살고 있다는 것을.

그간의 이야기를 해주었다. 나한테서 새 이름을 받은 뒤 작명증서를 집에서 제일 잘 보이는 곳에 올려놓았다고 했다. 친한 이들에게 새 전화번호와 새 이름을 알려주면서 개명한 이름으로 불러줄 것을 당부했다고 한다. 그녀는 이전 휴대폰 번호와 이전 이름으로부터 끊어졌다는 사실에서 안도감을 찾았다고 한다. 그리고 건강 회복을 위해 병원에 입원했는데, 간호사와 같은 병실에 있던 환자들 그리고 새로 만나는 사람들까지 다들 새 이름으로 불러준 덕분에 금방 익숙해졌고 했다.

"사회생활도 못하고 매일 절망에 빠져 비관적인 생각만 하다 죽으면 어쩌지 그땐 겁이 났었어요. 그런데 전화번호와 이름을 바꾸고 난 뒤부터 나도 모르게 삶의 의욕이 생겼어요. 지금은 취직도 했어요. 지난 여름까지 이런 날이 올 줄은 상상도 못했었어요. 다 선생님 덕분이에요. 그래서 꼭 선생님을 뵙고 달라진 저를 보여드리고 싶었어요. 선생님이 저를 살리셨어요. 정말 감사합니다."

그녀의 생동감이 나한테 고스란히 전해졌다. 친구를 만나기로 한 시간이 되었다면서 그녀는 자리에서 일어섰다. 환하게 미소를 짓더니 이렇게 말했다.

"선생님, 한번 안아봐도 돼요?"

팔을 벌리고 그녀에게 말했다.

"당연하지요."

그 자리에서 우리 둘은 꼭 껴안고 한참을 있었다. 오랜만에 참으로 기분 좋은 포옹이었다. 오래도록 잊히지 않을.

그리고 다시 여름이 되었다. 가끔 그녀 생각이 나지만 그녀를 만나기 전과는 달리 편안하다. 어디에선가 건강하고 활기차게 살고 있을 거라고 믿기 때문이다.

'나도 고마워요. 희망을 버리지 않고 나한테 전화를 해주어서. 나한테 당신의 절망을 덜어낼 기회를 주어서 정말 고마워요.'

●

■ 삶을 힘겹게 버티고 있는 분들에게

당신이 이 편지를 읽기를 바라면서 씁니다. 지금 이 순간 세상에 당신 혼자 버려진 것 같은 기분에 사로잡혀 있다면, 당신 주변의 누구도 믿을 수 없을 만큼 사람이 무서워서 동굴 속으로 숨고 싶다면, 사랑하는 이가 당신 곁에 더는 함께 있질 못해서 삶이 막막하고 무의미하다면, 열심히 살았으나 점점 더 당신의 삶이 어둡고 좁은 곳으로 가라앉는다는 절망에 빠져 있다면. 지독하게 아프고 지독하게 슬프고 지독하게 막막하다면.

당신은 지금 한 발짝 앞으로 나아갈 힘조차 없을지도 모르겠습니다. 숨을 쉬는 것조차 버거울지도 모르겠습니다. 내일 아침 눈을 뜨지 않으면 좋겠다고 생각할지도 모르겠습니다. 누군가에게 이 땅에서의 마지막 말을 남기고 있을지도 모르겠습니다.

그러한 당신이 이 편지를 발견하기를 바랍니다. 모든 절망과 고통을 잠시 내려놓고 내가 하는 말을 묵묵히 들어주기를 바랍니다. 그리고 궁극적으로 내가 당신에게 하고 싶은 말이지만, 온전히 표현해내지 못할 내 진심을 당신이 온전히 읽어주기를 바랍니다.

당신, 요즘 이런 생각을 하지는 않았나요?

이 삶을 지탱할 힘이 더는 없다.

나에겐 절망의 카드밖에 없어.

세상에 믿고 의지할 사람이 한 명도 없어.
아무도 없는 곳으로 들어가 나오지 않고 싶어.
차라리 죽는 게 나을지도 몰라.

아닙니다. 아니에요. 거기가 끝 아니에요. 아직 당신의 삶에는 열어보지 않은 상자가 많아요. 지금 열어본 상자들이 남들보다 조금 운이 없었을 뿐입니다. 오늘 페이지만 읽었을 뿐이에요. 수많은 내일에 무엇이 적혀 있는지 다 읽지 않았잖아요. 아직 포장을 뜯지도 않은 상자들이 당신 머리 위까지 쌓여 있는 걸요.

궁금하지 않나요? 당신이 지금 겪고 있는 상심과 절망을 끝까지 견디고 이겨낸 사람들이 지금 어떻게 웃게 되었는지. 희망만 담긴 상자를 갖고 태어난 사람은 없을 겁니다. 어떤 사람은 나쁜 상자를 먼저 많이 열어보고, 어떤 사람은 멋진 상자를 먼저 많이 열어보는 것일 뿐.

지금 당신 발이 디디고 있는 시간이 너무 고통스러울지라도 당신이 이겨내지 못할 마지막은 아닐 겁니다. 그곳을 이미 디디고 지나간 다른 사람들이 그랬듯이 당신도 분명 그곳을 지나가게 될 거예요. 그리고 또 다른 누군가가 지금의 당신처럼 매우 고통스럽게 거기 서 있게 될 거예요. 누군가는 더 잘 이겨내고 누군가는 더 아파할 수도요. 그리고 누군가는 '아파, 아파, 너무 아파' 하면서 삶에서 뛰어내릴지도요.

당신 생각을 알고 싶어요. 당신 계획을 듣고 싶어요. 사는 것도 죽는 것도 계획이 필요하잖아요. 치밀하지 않으면 둘 중 무엇도 성공할 수 없을 거예요. 실패하지 않으려면 궁리해야 하고, 힘을 내야 하고, 온 정신과 힘을 집중해야 해요. 네, 그렇다고요. 죽을 만큼 힘들어도 거저 죽진 않아요. 온 힘을 다해 노력해야 실패 없이 죽을 수 있을 거예요.

그런데 왜요? 그렇게 끝내기엔 당신이 견뎌온 시간이 아깝잖아요. 아직 오지 않은 날들이 궁금하잖아요. 여백으로 남아 있는 수많은 페이지에 무엇을 쓰게 될지 궁금하잖아요. 아직 남아 있는 그 많은 상자들은요?

다 해봅시다. 다 해보자고요. 끝까지 가보자고요. 당신에게 스스로 기회를 주세요. 당신이 당신을 살릴 기회를. 당신의 삶을 끝까지 살아낼 기회를. 당신이 지금 서 있는 그 자리가 당신이 마지막까지 남아 있을 자리는 아니라는 걸 세상에 보여줄 기회를.

그런데 지금 당신에게는 누군가 필요할 수 있습니다. 당신의 등을 다독여줄 누군가가, 당신의 얘기를 들어줄 누군가가, 당신의 눈물을 닦아줄 누군가가, 당신에게 수고했다고 말해줄 누군가가, 당신을 잠자코 안아줄 누군가가, 당신이 서 있는 그곳에 나도 오랫동안 서 있었다고 참 많이 힘들었지만 지금은 괜찮다고 말해줄 누군가가.

주위를 돌아보세요. 손을 내밀면 그 손을 잡아줄 누군가가 분명 있을 겁니다. 설사 아무도 없다 하더라도 당신 자신을 포기하지 않는다면 당신은 스스로를 구할 수 있습니다. 당신에게 닥친 문제가 무엇 때문인지, 당신의 마음이 지금 왜 그토록 힘든 것인지 근본적인 답을 찾고 싶다면 그 숙제는 제가 같이 풀어드릴 수 있습니다. 꼭 이겨냅시다. 같이 살아냅시다.

이름 궁합

『탈무드』에 '부부가 서로 사랑하면 칼날 폭만큼의 침대에서도 잘 수 있지만 서로 미워하면 10미터 폭의 침대도 좁게 느껴진다'는 말이 있다. 남녀가 사랑에 빠지면 처음엔 둘에게만 집중하느라 다른 건 잘 보이지 않는다. 그러다가 시간이 지나면서 눈에 콩깍지가 벗겨진다. 그제야 '내가 왜 이런 인간하고?' 하면서 자책하는가 하면, 시간이 갈수록 더 돈독해지는 사이도 있다.

남녀 사이에 애정이 식으면 최악의 경우 헤어지면 된다. 하지만 부부라면 간단치 않다. 이것저것 걸리는 게 많다. 그래서 과거에는 참고 사는 부부가 많았고, 이혼한 뒤에도 주변에 이혼 사실을 숨기는 일이 비일비재했다. 그런데 요즘은 수많은 인간사 중 하나로 받아들이는 추세이다. 행복의 가치가 대의적인 측면보다 개인의 삶에 더 집중되고, 평균수명이 늘어나면서 이혼율이 높아지고 있다.

통계청의 2022년 자료를 보면, 평균 이혼연령이 남자는 49.9세이고 여자는 46.6세이다. 평균 혼인 지속 기간은 17년이다. 최근에 와서 혼인 지속 기간이 짧아지고 있다. 이혼을 바라보는 사회 시선이 바뀌면서 이혼 판단도 빨라진 결과이다. 2022년엔 9만3,232쌍이 이혼하였다. 이혼 사유 1위가 성격 차이고 2위가 배우자의 외도였다.

부부 궁합이 맞지 않을 때 흔히 나타나는 현상이다. 부부 궁합에는 사주뿐 아니라 성격 궁합, 이름 궁합도 해당한다. 연애를 아무리 오래 했어도 부부로 사는 것과는 달라서 10년 이상의 교제 때엔 아무 문제 없던 남녀가 결혼 후엔 심각한 불화를 겪을 수 있다. "이렇게 안 맞는 줄 알았으면 결혼하지 않았을 거야!" 하면서 부부싸움으로 허송세월하기 십상이다.

교제기간이 길다고 해서 결혼 후의 장밋빛 미래를 보장해주는 건 아니다. 남녀가 부부가 되어 한 가정을 이루며 무난하게 살아가기 위해선 서로 잘 맞아야 한다. 시계 톱니바퀴의 작은 톱니 하나에 문제가 생기면 시계가 멈추거나 시간이 맞지 않는다. 하물며 두 개의 다른 인격체가 만나서 가정을 이루고 한집에서 살아가자면 서로 맞추고 양보하고 협력해야 할 일이 무수히 많다.

상담하러 오는 분 중에는 부부 갈등의 골이 깊어서 돌파구를 찾고자 오는 분이 많다. 30년 동안 꾸준히 바람을 피우는 남편 때문에 속앓이를 해온 50대 여성이 찾아온 적이 있었다.

친구와 같이 와서 그런지 조용히 출생연도와 이름만 불러주었다. 선천운이라 불리는 성에는 남편 파동수가 있는데, 이름에는 남편을 의미하는 파동주파수가 없었다. 더구나 이름이 온통 남편이 바람을 피우는 이름이었다. 민감한 대화가 될 수도 있어서 조심스럽게 '혹시 친구 분이 옆에 계시는데 이야기를 해도 괜찮겠어요?' 하고 물었다.

불편하다고 하면 친구 분은 잠시 대기실에 앉아 계시라고 할 참인데 괜찮다고 하였다. 그래서 '남편과 함께 살 수 있는 이름이 아니고, 남편이 바람을 피울 수 있는 이름'이라고 했더니, 곁에 있던 친구가 놀란 얼굴로 내담자의 표정을 살피며 "진짜야?" 하고 물었다.

오랫동안 알고 지낸 친구도 몰랐다는 표정이었다. 자식 믿고 살아오셨지만 자식을 의지할 수 있는 이름도 아니라고 말씀드렸더니 "네"라고 하였다. 그러면서 속내를 털어놓았다.

"남편은 결혼 전부터 여자가 많았어요. 신혼 때도 바람을 피웠고 아이 둘을 낳고 키우는 내내 기회만 되면 바람을 피웠어요. 처음에는 난리도 치고 이혼 얘기도 꺼냈지만 그때뿐이었어요. 시간 지나면 아무렇지 않게 다른 여자를 만났어요. 살면 좋은 날이 오지 않을까 해서 참고 살았더니 이젠 미안해하지도 않는 것 같더군요. 이제라도 이혼을 해야 하나 하도 답답해서 찾아왔습니다. 선생님, 우리 부부는 도대체 왜 이렇게 살아야 하나요?"

아내를 두고 밖에서 다른 여자를 찾아헤매는 남편의 성격과 심리는 어떨까? 바람을 피우는 남자의 심리는 일과 성적인 부분과 돈과 명예 등에 있어서 욕망이 강한 사람들이다. 자기애가 강한 사람일수록 바람피울 확률이 높다. 인정욕구가 커서 사회에서 성취욕도 있지만 아내 외의 여자들한테도 모두 인정받고 사랑받으려고 한다. 신혼 초부터 바람을 피웠다면 30년 세월만큼 거짓말이 쌓였을 게 분명했다.

이런 경우 이름을 풀어보면 그 해결책도 이름 안에 있다. 실력 있는 명리학자라면 부부의 갈등과 불화가 발생한 '어긋난 톱니' 지점을 정확하게 짚어낼 수 있어야 한다. 왜 톱니가 어긋났는지, 왜 그 부분이 훼손되었는지를 내담자에게 설명해줄 수 있어야 한다. 그리고 어떻게 '수리'하고 '예방'해야 하는지도 제시해줘야 한다. 그러려면 그 명리학자는 내담자의 다양한 정보를 읽고 분석할 다양한 프로토콜을 알고 있어야 한다. 그래서 나의 성격심리성명학을 치유성명학이라고도 부르는 것이다.

남편의 지속적인 바람 때문에 고통스럽다는 이 경우도 개선할 방법이 있었다. 성격심리성명학의 원리는 사주명리학에서 음양오행의 상생·상극의 원리를 이름에 접목한 것이다. 그래서 사주명리학의 25가지 공식이 더해지면 인간의 성격과 심리를 통해 가족 관계의 얽히고설킨 실타래를 풀 수 있다.

아내의 이름을 보고 속으로 놀랐다. 성인 선천운에서는 남편을 의미하는 오행이 있긴 하지만 이름 전체적으로 '본인을 중심으로 친구와 형제로 이루어진 비견이 많은' 여성은 드물기 때문이다. 이름의 중심명운을 보니 지적이면서 영화배우처럼 멋스럽고 교양도 있었지만, 한편으론 화장으로도 감출 수 없는 오랜 마음고생이 얼굴에 엿보였다. 자존심이 굉장히 강하고 자식의 파동 에너지도 약하고 이름에 남편도 없으니 30년 내내 많이 힘들었겠다고 하니까 고개를 끄덕였다.

"네, 맞아요 선생님. 자존심이 강해서 남편 얘기를 친한 친구한테도 안 하고 살았어요. 제가 불행하다는 걸 누가 아는 게 싫었어요. 다른 것도 아니고 남편이 날 두고 바람피운다는 걸 누가 아는 게 싫었어요. 참고 살자, 자식만 보고 살자 그러면서 30년을 살았네요."

그런 자존심과 성격이 이름에 나와 있다. 여자 이름에서 나의 형제와 친구를 의미하는 파동주파수가 많으면, 지적인 외모 이면의 보이지 않는 자존심과 고집이 매우 강하다. 이름에서 자식과 정신적인 여유를 뜻하는 파동주파수가 없었다. 타협이 어렵고 자존심이 강해서 자기 신념이나 생각을 굽히지 않으니 가까운 이들은 답답하고 숨이 막힐 수 있다.

나무가 꽃을 피워야 하는데 그러질 못하니 벌과 나비는 어디론가 날아가고 없다. 나무는 뿌리내릴 양분이 고갈돼서 점점 메말라가고 있다. 즉 결혼은 했지만 이름에 남편을 뜻하는 소리파동주파수가 없으니 벌과 나비인 남편은 밖에서 다른 여인을 찾아 떠도는 것이다. 이런 가정은 남편이 있어도 그만 없어도 그만인 경우가 많으며 남편에 대한 애정도 금세 식어버리게 된다.

이처럼 나를 의미하는 소리파동주파수가 많은 이름은 한집안이나 지척에 친구나 부모·형제가 함께 있지 않는 것이 좋다. 즉 내 이름에서 친구나 형제들이 많으면 내 남편에게 나 이외의 다른 여성이 많으니 그들에게 관심을 기울이게 되는 것이다. 남편은 사업상으로도 여자들과 얽힐 일이 많았고 자주 접하면서 상습적으로 외도를 해온 사람이었다. 그런 남편을 보면서 아내는 남편의 애정을 받지 못해서 오는 섭섭함보다는 자신보다 못한 다른 여자들에게 마음이 가는 것에 더 자존심이 상했을 수 있다.

이런 분은 살면서 큰 일탈 없이 원칙대로만 살아와서 남편과 아이들에게도 자신과 같은 규격화를 강요하며 살아왔을 가능성이 높다. 조금만 그 기준에서 벗어나도 스트레스가 심했을 것이다. 그런데 남편과 아이들은 완전히 다른 존재이다. 성향이 같다면 갈등 자체도 작겠지만 공통점이 적을수록 거리는 멀어진다. 남편과 아이들에겐 억압과 속박으로 생각될 여지가 있다. 그렇다고 해서 남편의 외도가 정당화될 순 없다. 그것도 일회성에 그친 것이 아니라 30년에 걸쳐서 반복되었다면 이 가정의 균열은 남편에게 책임을 물을 수밖에 없다.

아내는 전업주부로 사느라 직업을 가져본 적이 없다고 했다. 남편과 아이들에게서 적잖은 상처를 받으면서 많이 지친 상태였다. 가족을 위해 헌신했는데 자신의 노력과 수고를 알아주는 사람이 아무도 없다고 하소연하였다. 게다가 어려서는 엄마 편을 들던 자식들이 성인이 되어서는 "아버지가 저러는 건 엄마 잘못도 커"라고 하자 충격을 받았다. 아이들 때문에 이혼하지 않고 남편의 지속적인 외도를 참고 살았는데 그 공을 알아주기는커녕 원인 제공자 취급을 받으니 마음이 무너졌을 것이다.

"내가 왜 이렇게 살아왔나 회의가 들고 시도 때도 없이 우울함이 밀려오네요. 앞으로 어떻게 살아야 할지 막막합니다."

이분에게 가장 필요한 건 자신의 존재감을 회복하는 일이었다. 남편과 아이들의 행동에 좌우되는 가짜 자존감이 아닌 스스로를 긍정하고 인정해주는 진짜 자존감. 이분도 원래는 자존감이 높았겠지만 뜻대로 되지 않는 결혼생활을 거치면서 이리 치이고 저리 치이며 자존감이 바닥에 떨어졌으리라.

주위 상황에 일희일비하지 않으려면 남편과 아이들이 자기 삶의 전부라는 생각을 버려야 한다. 특히 이혼하지 않는 걸 아이들이 자신들을 위한 대단한 희생으로 생각하기를 바라서도 안 된다. 가족 때문에 상처받고 찾아오는 분들에게 "가정 구성원은 서로 '따로'를 인정하면서 '같이' 살 때 덜 흔들립니다"라고 말해준다. 말이 쉽지 서로의 사소한 말과 행동에도 영향을 받는 게 가족이다.

여자 분에게 이제부터라도 가급적 본인을 위해 살라고 했다. 주부들이 에너지 대부분을 남편과 아이들에게 쏟았다가 상처를 받으면 걷잡을 수 없이 무너지는 이유가 자신만의 세계가 없기 때문이다. 희생을 미덕으로 산 주부들일수록 어느 순간 회의감에 빠질 수 있다.

"늦은 감이 있지만 지금이라도 다르게 살고 싶어요. 이름부터 바꾸고 싶어요. 그리고 일을 가져보려고요. 경제적으로 어렵지도 않고 딱히 돈 욕심이 없어서 사회활동을 하지 않았는데 이제라도 일을 해야겠어요."

●

이런 성격의 여자가 직업을 가지면 실수 없이 책임을 완수하기 때문에 직장에서 빛을 발할 수 있다. 남편과 아이들에게 에너지가 덜 가면 그들과의 관계는 의외로 더 좋아지리라 본다. 결혼 전에 이 부부의 30년을 예상할 수 있었더라면 이 결혼이 성사되었을까?

결혼이 불행해지기를 바라는 사람은 없다. 그래서 많은 남녀가 결혼 전에 궁합을 본다. 궁합이 안 좋으니 헤어지라는 부모의 성화에 못 이겨 결별하는 연인도 있다. 사실 사주만 봐서는 알 수 없다. 이름도 같이 풀어서 서로에게 미치는 함수관계를 살펴야 한다. 남녀의 사주 궁합이 좋은데 이름에서 서로의 기운이 상충한다면 결혼 후에 계속 불협화음을 낼 수밖에 없다. 둘이 하모니를 이루지 못하는 가정에서는 소음이 끊이지 않는다.

결혼할 남녀의 사주와 이름이 맞지 않으면 헤어지는 게 답일까? 그렇게 생각하지 않는다. 사람들의 의지는 우리가 생각하는 이상으로 강하기 때문에 아무리 사주와 이름이 서로 상충하여도 두 사람의 노력 여하에 따라 얼마든지 잘 살 수 있다. 다만 그 노력이라는 것이 일반 범주를 상회해야 한다.

사주는 태어나는 순간 정해진 것이지만 이름은 그렇지 않다. 얼마든지 개선의 여지가 있다. 살면서 계속 부닥쳐본 후에 문제를 찾아내 고치는 것도 방법이긴 하지만 그 전에 감명을 받아 시행착오를 줄이는 게 훨씬 효율적이다. '모든 행복한 가족들은 서로 닮은 데가 있다. 그러나 모든 불행한 가족은 그 자신의 독특한 방법으로 불행하다'고 톨스토이가 말했다. 불행한 부부의 사연은 저마다 다르지만 불행을 최소화할 방법이 전혀 없지는 않다.

●

참 좋은 이름입니다

"참 좋은 이름입니다."

성명학자에게 자기 이름을 감명받으면서 듣고 싶은 말일 것이다. 한글성명학은 사주풀이 방식과 원리가 같다. 따라서 탄생일인 사주의 운명과 비교해보면 이름의 첫소리가 개인의 성격과 직업에 잘 운용되고 있듯이 세운, 월운, 일운, 대운, 질병 통변으로 운의 흐름도 유추해볼 수 있다. 이러한 운용 방법은 모든 이름에 적용할 수 있다.

또한 이름의 첫소리에서 선천적으로 부족한 운을 가지고 태어났다고 하더라도 개명을 통해 후천적으로 좋은 운으로 이끌어갈 수 있다는 점이 작명의 묘미이다. 본인의 의지로 운명을 전환할 수 있다는 점에서 성명학 세계는 무한한 비전을 제시해준다.

다들 내게 와서 "제 이름이 좋은 이름인가요?" 하거나 "좋은 이름을 지어주세요"라고 한다. 그렇다면 좋은 이름이란 과연 어떤 이름을 말하는 걸까?

작명가들이 이름을 지을 때 적용하는 이론이 모두 같지는 않다. 다들 저마다 자기 방법이 최고라고 하는데 해석 결과는 각각이다. 이름 A를 가지고 어떤 작명가는 '매우 좋다'고 하는가 하면 어떤 작명가는 '해로운 이름이다'라고 할 때가 있다. 그래서 성명학과 명리학을 체계적으로 공부한 성명학자에게 이름을 지어야 한다.

여기에서 분명히 짚고 가야 할 게 있다. 이름이 중요하다고는 하지만 그 사람의 본래 타고난 거대 흐름을 통째로 바꿀 수는 없다는 사실이다. 이름이 후천운에 영향을 미친다고는 하지만 탄생일인 사주가 지닌 선천운 자체를 막을 순 없다. 성명학은 탄생일인 사주의 약점을 보완하기 위해 탄생한 학문이다. 성명학은 탄생일인 사주와 균형을 맞추기 위해 탄생한 학문이다.

가령 그 사람의 탄생일인 사주에 거대한 폭풍우가 있다면 그걸 아예 피해갈 도리가 없다. 그때 고스란히 선 채로 맞을 것인가, 커다란 우산을 쓰고 맞을 것인가, 서 있는 방향을 바꿔 맞을 것인가, 지붕 아래 피해 있을 것인가의 선택은 전적으로 본인에게 달려 있다. 탄생일인 사주를 분석해서 폭풍우를 예견하고 성명학을 통해 피해를 최소화할 수 있다. 그래서 이름이 한 사람의 정해진 운명을 바꿀 수 없다는 말은 맞기도 하고 틀리기도 한다. 선천운인 사주의 정해진 틀을 중심으로 볼 땐 맞는 말이고, 이름이 선천운을 보완하여 후천운을 개척해준다는 점에선 틀린 말이다.

탄생일인 사주에서 용신과 희신을 찾아 그 오행에 해당하는 육친을 한글 이름(중요한 위치)에 포함하여 작명한다면 얼마든지 후천운을 개운할 수 있다. 한글 작명의 매력이 아닐 수 없다. 따라서 이름을 처음부터 신중히 하면 나중에 개명하는 시행착오를 피할 수 있다.

좋은 이름에는 이런 것들이 반영되어야 한다.

1. 당사자의 탄생일인 사주를 고려, 보완해 지어야 한다.

2. 당사자의 성격과 심리를 분석, 개선 또는 보완해줄 수 있어야 한다.

3. 한글 소리에 담긴 에너지가 좋아야 한다.

4. 아무도 불러주지 않는, 한자의 뜻에 의미를 부여해서 지을 필요가 없다.

5. 이름자가 건강한 파동주파수로 지어져야 한다.

6. 음양의 조화, 상생과 상극의 조화를 이루어야 한다.

그래서 좋은 이름을 짓기 위해서는 반드시 '내담자의 탄생일인 사주를 볼 줄 아는' 작명가여야 한다는 것이다. 수리 오행과 '원·형·이·정元·亨·利·貞'만 맞춘다고 좋은 이름이 되는 게 아니다. 얼마 전에 TV를 보니까 '내 이름은 내가 짓는다'라는 타이틀로, 요즘 신세대들은 자기가 직접 이름을 지어서 법적 개명까지 하고 있다고 소개하였다. 성명학 지식이 전혀 없는 사람이 작명하는 게 얼마나 위험한 일인지 익히 아는 나로선 가슴이 철렁한 일이었다.

'셀프 개명'은 무지의 소치이다. 성명학이 얼마나 고차원적인 전문 영역인지, 이름이 그 사람에게 어떠한 영향을 미치는지 몰라서 나온 말이다. 세상에는 직접 해선 안 되는 것들이 있다. 직접 했다가 위험해지는 것들. 전문가의 판단이 꼭 필요한 영역들. 건강검진을 병원에서 받지 않고 스스로 하겠다는 것과 같다. 암에 걸렸는데 치료 대신 사이비종교 교주한테 매달리는 것과 같다. 귀가 아프면 이비인후과, 배가 아프면 내과, 눈에 이상이 있으면 안과를 가듯이 이름은 작명가에게 맡겨야 한다.

이름 안에는 목화토금수의 에너지가 파동하고 있다. 목생화 화생토 토생금 금생수 수생목이 상생의 흐름으로 운동 하고 있다. 재물복, 건강복, 화목한 가정 두루 갖춘 사람은 이름에 다 들어 있다. 자연은 목화토금수로 이루어져 있고, 계절도 목화토금수로 이루어져 있다. 보통 봄·여름·가을·겨울 4계절이지만 간절기 또는 환절기라 불리는 토가 있다. 우리 몸의 장기도 목화토금수로 이루어져 있어 오장육부이듯이 우주 만물이 모두 목화토금수로 움직이고 있다.

목생화 화생토 토생금 금생수 수생목은 상생관계이며, 목극토 토극수 수극화 화극금 금극목은 상극관계이다. 나무가 불을 살리고, 도끼인 금이 나무를 자르고, 물이 불을 끄듯이 우주 만물 대자연의 순리가 있으며 한글 이름에도 이러한 목화토금수의 운동 에너지가 들어가 있다. 한글 이름 안에 이런 상생이 깃들어 있을 때 그 사람의 삶도 상생 에너지로 돌아가는 것이다. 그래서 귀인의 도움을 받기도 하고, 사회에서 인정을 받기도 하고, 순탄한 나날을 살 수 있게 된다. 반면에 한글 이름 안에 상극 에너지가 있으면 운명에 악영향을 끼쳐 방해를 받는 일이 빈번해진다. 뒤로 넘어져도 코가 깨지는 일이 실제 생길 수 있다.

이름의 첫 글자는 내가 자라온 가정환경에서 나에게 미치는 운명의 파동주파수로서 인생의 70%를 차지하고 있다고 보면 된다. 즉 내가 꽃이라도 봄에 피는 벚꽃인지, 개나리인지, 철쭉인지 여름에 피는 장미꽃인지, 가을의 코스모스인지, 겨울의 동백꽃인지 모두 다르다. 계절이 다르고 꽃의 성질이 다르기 때문이다.

그래서 이름을 보면 많은 정보를 읽을 수 있다. 이름 안에서 재물, 결혼, 건강, 자녀, 직업 등에 관한 것들을 유추해낼 수 있다. 성에 극이 있다고 해서 다 나쁜 것은 아니다. 극은 극끼리 통하기에 극을 푸는 방법이 있다. 공격하는 에너지인 수극화를 공격받는 에너지인 회의 입장에서 상생하는 구도로 바꾸어주면, 삶의 중요 길목마다 공격하고 방해하던 파동주파수가 사라진다. 이름에 이런 원리를 적용하면 병약했던 사람이 이전보다 건강해질 수 있다.

그렇다고 모든 문제를 개명으로 해결하라는 건 아니다. 개명하면 인생이 완전히 달라질 수 있다고 주장하는 것도 아니다. 개명을 통해 해로운 파동주파수를 상생과 긍정의 에너지로 바꿈으로써 삶에 긍정적인 효과가 오는 것은 분명하지만 그 이전에 중요한 것은 당사자의 마음가짐이다.

아무리 나쁜 사주와 나쁜 이름을 가지고 있어도 의지를 갖고 삶을 헤쳐나간다면 이겨낼 수 있다고 본다. 역사상 그런 사례를 우리는 많이 봐왔다. '이번 생에서 나는 틀렸어' '나는 사주와 이름이 나쁘다고 했으니 노력해도 될 리가 없어' 하면서 스스로 기회를 포기하지 않았으면 좋겠다. 그보다는 '사주와 이름이 나빠도 나를 어쩌진 못해' '내 운명은 내가 개척할 거야. 나는 사주와 이름을 뛰어넘어 반드시 내가 원하는 삶을 살 거야' 하는 마음가짐이 낫다.

좋은 사주와 좋은 이름만 좋은 에너지를 만들어주는 게 아니다. 세상에 좋은 사람으로 살다 가겠다는 마음자세, 세상에 선한 영향력을 미치며 살아가고자 하는 사람에게는 밝고 긍정적인 에너지가 흐른다. 이런 일생을 살다 가는 이의 이름이야말로 '참 좋은 이름입니다' 하는 평가를 받을 것이다. 그리하여 성명학자로서 하고 싶은 말은, "당신을 위해 좋은 이름을 가지세요"와 "이미 참 좋은 삶을 살고 있다면 당신에게 다른 이름은 굳이 필요치 않습니다"이다.

제2장

성격심리한글성명학

가족의 힘

이름을 들여다보고 있노라면 '이름은 가족관계증명서'와 같단 생각이 들곤 한다. 그 사람이 가족과 어떻게 지내는지, 앞으로 어떻게 될지 모두 보이기 때문이다. 어떤 이름을 보면 이렇게 말하고 있다.

"남편과 사이가 안 좋아요."

어떤 이름은 이렇게 말하고 있다.

"형제 사이가 좋지 않아요."

이름을 보면, 부부 사이가 좋은지 아닌지 알 수 있다. 건강한지 아닌지 알 수 있다. 자식으로 인해 힘들어질지 아닐지를 알 수 있다. 흔히 부부 간에는 궁합이 좋아야 해로한다고 한다. 그래서 결혼을 앞둔 남녀가 궁합을 많이 보고 있다. 한글성명학으로 궁합을 보면 더 쉽고 편리하다. 상대방의 출생연도와 이름만 알면 되기에 둘이 동반하지 않아도 된다. 궁합은 남녀 사이에만 보는 건 아니다. 중대사를 도모함에 있어서 상대와 합이 얼마나 잘 맞을지 알아보기도 한다. 궁합이 좋을수록 성공률이 좋아진다는 생각에서이다.

가족 간에도 궁합이 중요하다. 가족 간에 사이가 좋으면 궁합을 볼 필요가 없지만 집안 내에서 유독 사이가 안 좋은 관계도 있다. 언니와 원수처럼 지내는 경우도 있고, 가족 구성원 중 하나가 부모

형제와 연을 끊다시피 지내는 경우도 있다. 이런저런 사연이 다 있다지만 이름을 풀어보면 사이가 안 좋은 가족 사인엔 궁합이 안 좋을 때가 많다. 좋은 이름을 가졌을 때는 이름 궁합이 덜 좋아도 서로 맞추어 나가면서 사는데, 이름에서 가정이 깨져 있는 경우 궁합까지 안 좋으면 극과 극으로 충돌을 일으킨다.

그런데 이름을 가지고 가족 사이의 궁합을 보는 건 단순하지가 않다. 가령, 딸과 아빠의 이름으로 궁합을 봤을 때 이름의 중심수가 서로 비견과 상관으로 상생관계라서 궁합이 좋으면 부녀지간 사이가 다 좋으냐? 그건 아니다. 만약에 아버지 이름에서 자식과 소통하고 교감을 나누고 애정을 나타내는 금金이 없으며, 수화수水火水의 배합으로 숨은 관성을 의미하는 금金이 나온다면 자식에 대한 애정이 없지는 않지만 숨어 있다는 점에서 자랑할 만하지 않다. 즉, 부녀 사이가 남들 보기에 썩 좋지 않다.

모녀지간에 사이가 좋은 경우도 있지만, 같이 있으면 서로 얼굴을 붉히는 사이도 있다. 어머니가 딸과의 불화로 고민하다 상담을 온 적이 있었다. 딸과 엄마의 궁합을 보니, 엄마는 중심수가 금金이고 딸은 화火 상관이라 궁합이 안 좋았다. 어머니가 딸을 이기지 못하는 형상이었다.

딸의 이름에서 선천운이나 수水가 없으므로, 어머니 말은 아예 들으려 하지 않는다. 자기 생각만 옳다고 우기며 어머니에게 대들고 무시할 구도였다. 그러니 어머니는 이 딸과 대화를 나누다보면 속이 터진다고 했다. 어머니 이름에 화火가 없으니 딸의 언변에 밀리는 게 당연하다. 그래서 어머니가 화병이 나는 경우가 많다.

그런데 어머니와 딸이 개명한 뒤 상황이 바뀌었다. 취직도 하지 않고 쇼핑몰을 한다고 속태우던 딸이 개명 후 취업 준비를 하더니 대기업에 취직을 하였다고 한다. 모녀지간에 사이도 좋아져서 대화를 나눠도 싸움을 하지 않는다며 감사하다는 인사를 몇 번이나 했다.

가족 간에 화목하고 힘든 세상을 함께 헤쳐나가려면 가족 모두의 이름이 좋아야 한다. 살다보면 가족의 행복을 위협하는 일도 있고, 가족이 단합해서 똘똘 뭉쳐야 극복할 수 있는 고난도 있다. 가족이 좋은 이름을 가지고 있으면 서로의 긍정적인 에너지가 모여서 큰 힘이 되지만, 각자 나쁜 이름을 가지고 있다면 작은 위기 앞에서도 관계가 와해될 수 있다.

자매간에 사이가 좋으면 평생 친구처럼 지내지만, 어려서부터 안 좋은 경우 성인이 되어서도 안 좋은 경우가 많다. 60대 중반 여성이 30대 중반 딸 이름을 감명해달라고 하였다. 이름을 풀어보니 마음이 아팠다.

"눈물이 나는 이름이네요. 이 딸은 너무 마음고생을 많이 했습니다. 그런데 아무도 알아주지 않았네요. 심하면 방에서 나오지 않을 겁니다."

내 말을 듣던 그 어머니가 눈물을 글썽이면서 고개를 끄덕였다.

"맞아요. 지금 방에서 나오지도 않아요. 직장도 다니지 않고 있습니다."

"따님은 인간 관계에서 상처받고 영혼이 점점 죽어가고 있네요."

"언니에게 갖는 반항심이 병이 됐습니다. 작은딸이 점점 괴물이 되는 것 같아요."

마음의 병이 될 정도면 상처가 깊었을 텐데 누구 하나 보듬어주지 않았으니 상처가 점점 덧나고 곪아서 돌이킬 수 없는 지경까지 온 것이다. 형제나 자매는 서로 아끼고 사랑하는 마음을 가지도록 양육하는 것이 부모의 역할 중 하나이다. 삶을 놓은 채 자기 방에 틀어박혀 있는 딸을 혼내고 질책하는 것은 화를 더 키울 뿐이다.

"아버지와 관계가 원만치 않아서 딸에게 잔소리를 많이 했겠군요."

"맞아요. 딸이 자기는 너무 많이 참고 살았는데, 왜 자꾸 자기만 참으라고 하냐고 억울하답니다."

태어나 자라면서 줄곧 언니만 편애하고 자신은 차별했던 아버지로 인해 딸은 다른 가족과도 사이가 나빠진 상태였다. 아버지가 자기 잘못을 인정하고 사과하기는커녕 지금도 여전히 "네가 문제야" 하는 입장을 고수하므로 딸은 가족에게서 마음의 문을 닫아버린 것이다. 대개는 집 밖에서 받은 상처를 가족을 통해 치유받는데, 이 딸의 경우 집안이 자기 마음의 지옥이므로 사회생활을 해야겠다는 의욕조차 가질 수 없었다고 본다.

그런 상황에서 개명을 한들 35년 쌓인 한이 풀어질 리 없었다. 개명을 하더라도 마음의 병을 치료해주겠다는 가족의 노력이 필요했다. 특히 어머니의 노력이 많이 필요했다. 가족 구성원 하나가 상처를 입고 쓰러져 있으면 다른 가족이 모두 달려가서 상처를 어루만져주며 "어디서 다쳤어?" "얼마나 아파?" "힘들지?" 하고 물을 줄 알아야 한다. 그게 가족의 힘이다.

소가 쓰러졌을 때 낙지를 주면 소가 일어난다고 한다. 상처를 받아 죽어가고 있는 사람에게도 그런 무엇인가가 필요하다. 상심, 분노, 절망, 슬픔 등으로 주저앉아 있는 사람을 '낙지 먹은 소가 벌떡 일어나듯이' 일으켜줄 힘이 필요하다. 그것은 공감이고 칭찬이다. 자매를 키우면서 큰딸만큼 작은딸에게도 칭찬을 아끼지 않았더라면 오늘날과 같은 비극은 벌어지지 않았을 것이다.

언니는 언제나 옳고 언니한테는 동생이니까 무조건 져야 하고, 언니가 잘못했는데도 동생이니까 눈감아줘야 한다면 가족은 동생에게 무엇인가? 동생은 가족에게 어떤 존재인가? 그리고 그런 편애를 받고 성장한 큰딸이 여동생을 진심으로 위해줄 수 있을까? 그렇게 어른이 된 큰딸이 사회생활은 잘해낼 수 있을까?

아버지의 큰딸에 대한 편애는 진정한 사랑이 아니다. 자매애를 망가뜨리는 일이고 나아가 가족애까지 파괴하는 비뚤어진 부성애이다. 그런 편애는 작은딸만 망치는 게 아니다. 큰딸의 사회화에도 부정적인 영향을 준 셈이다.

항상 하는 말이지만 개명이 모든 문제의 해결책이 되지는 않는다. 노력과 진심이 선행되어야 한다. 이름을 바꾸었으니 저절로 다 좋아질 거라는 생각으로 아무 노력도 하지 않는다면 개명 효과는 최소가 될 것이다.

다이어트 약을 먹고 있으니 살이 빠질 걸 당연하게 믿고, 식단 관리를 전혀 하지 않고 운동도 안 한다면 체중 감량 효과는 크지 않다. 식단 관리를 철저히 하는 동시에 강도 있는 운동을 규칙적으로 꾸준히 해줘야만 제대로 효과가 나타난다.

따라서 가족 간에도 예의와 규칙이 있어야 한다. 어느 한 사람의 독선이나 횡포로 유지되는 가정은 겉으론 멀쩡해 보일 수 있어도 언제 허물어질지 모르는 사상누각이다. 부부 중 어느 한쪽의 희생으로 유지되는 가정도 오래 가지 못한다. 설사 그 가정이 오래 지켜진다 하더라도 다른 가족의 희생을 담보로 하는 한 완전한 가정이 아니다.

부모가 자녀에게 흔히 저지르는 잘못 중 하나가 무조건 복종을 강요하는 것이다. 자식이니까 부모 말을 무조건 따라야 한다고 주장하는 부모는 대부분 자식에게 상처를 입힌다. 자식의 의견에 귀를 기울이지 않기 때문에 대화는 늘 일방적이다. 부모에게 지속적으로 상처받은 자식이 부모를 진심으로 존경할 가능성은 희박하다.

부모로부터 트라우마가 생긴 자식은 성장하면서 또는 성인이 된 후 부모에게 상처를 주는 자식이 될 가능성이 높다.

가족은 맹목의 사랑을 주고받는 관계가 될 수도 있지만, 원수처럼 서로 끊임없이 상처를 주고받는 관계가 될 수도 있다. 가족애는 공짜가 아니다. 부부애, 형제애, 자매애, 부모자식 간의 사랑은 모두 대가를 치러야만 얻을 수 있는 관계들이다. 상대를 위해 나를 양보하는 마음, 가족 전체를 위해서 참을 수 있는 인내심, 함께 나아지기 위해 고통을 분담하는 자세, 가족 중 누구를 편애하거나 차별하지 않는 공평함 등이 어우러졌을 때 비로소 큰 태풍에도 끄떡없는 가족애를 형성할 수 있다. 노력이 먼저이고, 개명은 그 다음이다.

개명 트렌드

**성명권은 헌법상 행복추구권과 인격권의 내용을 이루고 자기결정
권의 대상이 되는 것이므로 본인의 주관적 의사가 존중돼야 한다.**

2005년 11월, 대법원이 개명을 개인의 자기결정권 영역으로 인정
한 판례를 함으로써 개명 허가가 훨씬 쉬워졌다. 이후 개명 신청이
급속도로 늘어났고 개명 허가율도 90% 이상 되었다. 개명은 이제
선택의 문제일 뿐이다. 몇 개의 예외 사항에 해당하지 않는다면 금
방 개명 허가가 나온다.

최근에 개명으로 주목받은 인물이 있다. 국내 대형 항공사 창업
자의 손녀이자 해당 항공사의 부사장 조○아가 이름을 '조○연'으로
바꾸었기 때문이다.

조○아는 2014년에 오너 일가의 갑질논란을 일으킨 사건으로 그
룹 내 모든 직책에서 퇴진했었다. 2018년 3월에 그룹 계열사의 사장
으로 복귀했다가 여동생의 '물컵 갑질사건'으로 오너 일가가 재차 비
난 여론에 휩싸이면서 또 다시 퇴진하였다. 그 뒤 2019년 4월에 부
친이 사망하고 남동생과 경영권 다툼을 벌였지만 이기지는 못했다.

조○아 이름은 선천운이면서 조상 덕을 의미하는 '조'를 보면 식

상생재로서 재물복이 많은 이름이다. 그러나 여자 이름에서 식신과 상관이 편관과 정관을 극하면 배우자 복이 약하다. 즉 사별, 이혼, 별거, 주말부부 등의 형국이 된다. 성에 편관과 정관이 없어서 절제력이 약하고 감정조절이 안 된다. 성과 이름의 부조화와 불균형으로 인해 관재 구설을 불러일으키는 이름이다.

조○아 입장에선 매번 장애를 만나 엎어진다는 생각을 했을 수 있다. 매스컴을 통해 알려진 바에 의하면 대체로 타인에 대한 배려심이 부족하고 분노를 표출하는 성향이 비슷한 것으로 보아 그 부분을 보완해주는 작명 기술이 필요했을 것 같다. 공감과 배려는 모든 이에게 필요한 덕목이지만 '오너 일가 갑질'의 상징이 된 이 집안에서는 그 기운을 눌러줄 이름이 적용됐더라면 지금과 같은 불명예는 피해가지 않았을지. 새로 바꾼 이름이 잘 작명된 것인지의 여부는 시간이 지나면서 저절로 알게 될 거라 본다.

탄생일인 사주는 바꿀 수 없지만 이름은 바꿀 수 있다는 점에서 '개운'의 여지는 누구에게나 있다. 그래서인지 개명은 남녀노소를 불문하고 사람들의 관심사이다. 20~30대 젊은 세대들의 개명도 활발하다. 대법원 자료에 의하면, 2016년에 이름을 바꾼 20~30대는 전체 개명 인구의 43%나 되었다. 부모가 지어준 이름을 죽을 때까지 쓰던 세대와는 달리 젊은 세대에선 자신들의 필요로 적극적인 개명이 이루어지고 있다.

'불리기 창피한 이름'과 같은 사유가 아니라도 '그냥 내 이름이 싫어서'라는 이유만으로도 개명이 이루어진다. 자신을 대표하는 이름을 자기 마음에 들게 짓고 싶은 것은 자연스러운 욕구라고 본다. 개명을 하는 이유는 여러 가지가 있다. 이름이 너무 흔한 이름이라 흔하지 않고 세련된 이름으로 바꾸고 싶어서, 사업·취업·연애 등 중대사가 잘 풀리지 않아서, 더 좋은 에너지를 받고 싶어서 등등 이유는 많다.

그런데 개명 의도와 그 결과에 있어서 아이러니한 일이 벌어지곤 한다. 이름이 그 사람의 운명에 미치는 영향을 수긍해서 개명하는 건데 처음보다 나쁜 이름을 갖기도 한다는 사실이다. 당사자로선 몹시 억울한 일이지만 전문가가 아니고선 그걸 구분할 도리가 없다. 작명가를 판단할 안목이 없는데 내가 받은 이름이 나에게 득이 될 이름인지 해가 될 이름인지 어찌 알겠는가. 작명가가 "앞으로 좋은 일이 많이 생길 겁니다" 하고 호언장담하면 "감사합니다" 하고 나오는 수밖에. 그런데 운이 나빠서 실력이 형편없는 작명가를 만난 거라면 개명하는 원래 취지가 퇴색하게 마련이다.

늘 하는 말이지만 개명이 반드시 긍정적인 효과만을 가져오는 건 아니다. 개명하고 나서 더 안 좋아졌다고 불평하는 사람들도 있다. "이럴 줄 알았으면 이름을 괜히 바꿨어요. 이번엔 실수하지 않으려고 선생님을 찾아온 거에요" 한다. 시행착오를 겪으면서도 '이름'을 중요하게 여기는 생각을 버리지 않으니 그 또한 희망이라고 본다.

개명한 뒤 인생이 더 나락으로 빠지는 경우도 있다. '개명은 아무

의미 없다'의 신호가 아니라 '개명을 아무 데서나 함부로 하면 안 된다'의 신호로 봐야 한다.

배우 김○택은 한때 여러 드라마에서 주연을 맡으면서 한류스타로도 자리를 잡았었다. 그런데 김○택이란 이름이 일본과 중국에서 발음하기 어렵다는 이유로 '김○민'으로 개명하였다. 공교롭게 그 이후 마약 혐의로 실형을 살았고, 43세에 자살로 생을 마감하였다. 이 경우. 개명이 화를 불렀다고 볼 수 있다. 우울, 염세, 자살충동 등의 파동수가 개명 전 이름인 김○택에는 없는데 개명한 김○민에게는 있기 때문이다.

한 사람의 인생이 흘러가는 데에는 여러 요소가 긴밀하게 영향을 주고받고 작용한다. 사주와 이름도 중요하고 당사자의 마음가짐도 중요하다. 주변 여건도 봐야 한다. 그러니 모든 것에서 '방심'하면 안 된다. '이름'은 내 삶을 안전하고 단단하게 만들기 위한 여러 요소 중 하나일 뿐이고, '개명'은 그 하나의 요소에 최선을 다하는 노력이다.

좋은 이름, 나쁜 이름의 판단은 주관적인 감정에 좌우되는 게 아니다. 분석 원리를 적용해 정밀하게 이루어져야 오차 범위가 작다. 좋은 이름은 부르기 좋고 듣기 좋아야 한다지만, 촌스럽다고 해서 세련된 이름보다 더 나쁜 이름이라고 단정할 순 없다.

국정농단 핵심으로 주목돼 현재 법적 처벌을 받고 있는 최○원은 1956년생으로 부모가 지어준 원래 이름은 '최○녀'였다. 1979년에

'최○실'로 개명하였다가 2014년에 '최○원'으로 다시 개명하였다. 개명할수록 세련된 이름으로 바뀌었지만 삶 자체는 몰락을 향해 치달았다. 이름을 풀어보니 최○녀의 파동수가 최○실보다 훨씬 나았고, 최○실과 최○원은 비슷한 운명의 파동수를 갖고 있었다.

통계만 보더라도 '개명'은 세계적으로 하나의 문화가 되었음을 알수 있다. 더 나은 삶의 질을 위해서 많은 부분을 노력하면서 살아간다. 직장을 바꾸고, 결혼 또는 이혼을 하고, 유학이나 이민을 가고, 성형이나 다이어트를 하고, 건강을 위해 체력단련을 한다. 행복해지기 위해 누군가는 공부를 더 하고, 누군가는 고가의 골프 회원권을 끊고, 누군가는 명품 가방을 사고, 누군가는 결별의 아픔을 뒤로한 채 새로운 사랑을 시작한다. 자기 삶을 위해 아무런 노력도 기울이지 않는 사람은 거의 없다.

이러한 다양한 노력 중 하나가 '개명'이다. 개명 절차와 비용을 감안할 때, 삶에 긍정적인 변화를 가져오는 여러 요소 중에서 치러야할 대가가 가장 적은 편에 속한다고 할 수 있다. 아직도 여전히 개명을 엄청난 천지개벽하는 일로 여기며 주저하는 사람들이 있다. 개명은, 새로운 취미생활에 도전해보는 것처럼 지극히 평범한 시도일 뿐이다.

나에게 21세기에 가장 각광받을 문화 중 하나를 짚어보라면 단연 '개명'이라고 할 것이다. 현재 젊은 세대를 비롯하여 이후 세대들은 자신들의 이름에 더 가치를 부여할 것이다. 일방적으로 부모로부터 부여받은 이름이 아닌, 자신이 선택하고 자신의 의지가 반영된 이름을 가지려 할 것이다. 따라서 지금 아무리 개명이 많이 이루어진다 해도 개명 전성기는 아직 오지 않았다.

머지않아 개명 대유행의 시대가 올 것이다. 개명 수요가 젊은 세대에서 폭발적으로 일어날 것이며 지금까지와는 전혀 다른 개명문화가 탄생할 것임을 예측해본다. 성격심리성명학자로서 공부를 게을리하지 않는 건 그런 변화를 함께 만들어가기 위해서이다.

나쁜 이름은 태풍을 동반한다

음악치료라는 분야가 있다. 환자들에게 선별된 음악을 들려주면 심박수와 혈압이 안정되고 스트레스 호르몬인 코르티솔이 감소하고 면역세포가 증가한다고 한다. 사람의 뇌파는 알파파, 베타파, 세타파로 나뉘는데 불쾌한 소음을 듣거나 스트레스를 받으면 베타파가 나오고, 명상이나 좋은 소리를 들을 때 마음이 평온하고 안정되어 알파파가 나온다. 환자가 지속해서 좋은 음악을 들으면 통증이 감소하고 면역력이 상승하는 건 알파파의 효과이다.

우주에는 항상 많은 소리가 공존하고 있다. 귀로 들을 수 있는 소리를 포함해서 미처 인지하지 못하는 소리도 섞여 있다. 모든 소리에는 파동 에너지가 있다. 그 에너지가 사람들에게 전해져 베타파 또는 알파파를 나오게 한다. 그래서 신나는 음악을 들으면 기분이 좋아지고 슬픈 음악을 들으면 마음이 가라앉는 것이다.

이처럼 뇌파에 직접 영향을 미치는 게 음악과 소리이다. 사람만 음악과 소리에 반응하는 건 아니다. 식물에 클래식 음악을 들려주면 음파가 식물의 세포질을 진동시켜 식물의 성장을 촉진한다는 보고가 있다. 소리의 파동을 통해 에너지가 전달되고, 그 에너지에 담긴 기운이 영향을 미친다는 건 이제 새로운 얘기가 아니다.

●

사람이 엄마 몸속에 잉태된 후 가장 먼저 갖게 되는 것이 자기 이름이다. 뱃속에선 '태명'으로 불리다가 뱃속에서 나오면 진짜 법적인 효력을 지니는 이름으로 불리게 된다. 그리고 죽은 후에까지 남는 것이 이름이다. 평생 자신을 대표할 뿐만 아니라 죽은 후에까지 불리기 때문에 제2의 사주라고도 볼 수 있다.

그래서 흔히 선천운인 사주와 비교해 이름을 후천운이라고 한다. 이름의 부정적인 영향을 받고 사는 사람들의 이름을 보면 파동주파수의 상생과 상극의 부조화를 이루고 있어서 흉한 배합의 기운에 따라 하는 일마다 실패한다. 같은 사주를 가지고 태어난 쌍둥이라도 다른 운명의 삶을 사는 건 이름이 같지 않기 때문이다.

스타가 되어 돈도 잘 벌고 인기도 많은 사람 중 너무 일찍 세상을 떠나는 이들의 공통점을 보면 대체로 소리 파동주파수가 안 좋은 배합의 이름을 가지고 있다. 이름이 불리면서 소리 파동에 의해서 청각에 전달되고, 시각에 영향을 주고 감각적으로 영향을 미친다는 걸 알 수 있다. 성명학 이치와 원리를 신뢰하지 않는 이들은 "이름이 개똥이든 소똥이든 무슨 상관이야. 좋은 이름이 운명을 좋게 한다는 건 다 돈 벌자고 하는 소리지" 하고 비웃기도 한다. 그러나 이름이 타인에게 불리고, 당사자는 귀로 자기 이름을 들으면서 부지불식간에 영향을 미치게 된다. 이름은 그 이름 주인의 발을 데리고 자기가 가고 싶은 곳으로 간다. 어떤 이름은 꽃들이 만발한 봄날의 정원으로 데려가고, 어떤 이름은 천둥과 번개가 내리치는 악천후로 데려가고, 어떤 이름은 수심을 알 수 없는 심연의 바다 아래로 데려 간다. 어떤 이름들이 어디로 데려가는지의 공통점을 알아내고 원리를 찾아내 분류한 것이 성격심리성명학이다.

어떤 이름이 나쁜 이름일까? 이름 주인을 나쁜 곳으로 데려가는 이름이다. 좋은 이름은 이름 주인이 원하는 곳으로 데려가지만 나쁜 이름은 이름이 가고 싶은 곳으로 데려간다. 그곳은 대체로 어둡고 시끄럽고 악취가 나고 슬프고 고통스럽다. 이름 주인이 그곳에서 아무리 달아나려고 해도 헤어날 수가 없다. 그 이름은 원래 그곳이 고향이기 때문이다. 이름 안에 담긴 에너지대로 가서 도착한 곳이 그곳이기 때문이다.

40대 초반의 여자분이 자녀문제로 상담을 온 적이 있었다. 이름의 중심명운이 수水였다. 수水는 인수로서 책, 학교, 문서, 서류, 교육 등과 관련된 일을 하는 에너지가 있다. 대체로 인품 좋고 교양 있고 지적인 외모를 가질 수 있으며 어른스러운 면이 있다. 집안에서 맏이 역할을 할 수 있고, 이름에 전반적으로 목木이 많으니 자존심이 강하다.

그런데 이분의 경우, 앞에서 언급한 일들을 오래 하지 못했다. 이름에 남편과 명예를 뜻하는 관인 금金이 없으므로 직장생활을 오래하기 힘들고, 부모 덕과 재물을 나타내는 토土가 없어서 재물복도 없었다. 남편 운이 약한 이름이라서 연애할 때는 괜찮아도 결혼하면 해로하기 힘들다. 화火는 정신적인 면을 뜻하는데 수水에 화火가

극을 받으면 우울증, 순환계, 자궁, 유방 쪽 건강을 조심해야 하며 특히 자식 문제가 제일 나쁘게 뭉쳐 있었다.

내담자의 출생연도를 물어본 뒤 이름을 풀어주니 고개를 끄덕인다.

내담자 : 딱 맞아요. 그럼 개명을 해야 할까요? 아니면 불리는 이름만 바꿔도 될까요?

나 : 개명하셔서 그 이름을 사용하다가 법적으로 개명하셔도 됩니다.

내담자 : 재물운이며 남편운 이런 것을 다 떠나 아이 때문에 몇 년째 마음고생이 많습니다. 발달장애라서 많은 부분이 또래에 비교해 늦습니다.

이렇듯 이름에서 발현되는 에너지는 본인에게만 나쁜 영향을 미치는 것이 아니라 가족들도 그 영향을 미친다. 이분은 천간과 지지가 같은 1979년 기미생이었다. 이때는 길吉도 두 배이고 흉凶도 두 배로 발현된다. 자식을 극하는 이름은 그 부모님이 돌아가셔도 그 액운의 기운이 자식에게 이어진다.

이분의 이름에서 문제가 되는 것은 수의 기운인 물이 많다는 것이다. 수水는 물이고 계절로는 겨울을 의미하고 인생으로는 노년을 의미하며 색으로는 흑색을 의미한다. 겨울에는 춥고 꽃이 안 핀다.

또 수水는 물이니 꽃이 피더라도 비가 많이 오면 꽃은 떨어지게 마련이다. 특히 이분은 이름 전체가 수가 화를 극하는 구조이기에 상대적으로 다른 분에 비교해서 자녀 애로와 근심이 더 큰 것이다. 이렇게 세세한 것도 읽어낼 수 있는 것이 성격심리성명학의 특징이자 우월성이다.

한자로 된 이름은 그 사람의 성격이나 직업, 배우자의 성향, 자녀운, 재물운 등 당사자가 인생을 살면서 겪는 길흉화복에 대한 해석이 불가능하다. 그래서 81획수 수리성명학으로 이름을 짓는 작명가들도 성격심리성명학을 배워야 한다. 실제 배워서 적용해보면 무릎을 치며 감탄하게 될 것이다.

이분의 삶을 가장 힘들게 하는 건 아이의 발달장애였기에 그녀의 기운을 밝게 해주고 자녀에게까지 긍정적인 영향을 미칠 이름으로 개명해주었다. 새 이름이 그녀와 그녀의 가정을 환하고 멋지고 행복한 곳으로 데려다주기를 바라면서.

늘 확인하는 사실이지만, 나쁜 이름은 그 이름 주인을 나쁜 곳으로 데려다준다. 그래서 개명을 했음에도 더 나빠졌다는 말이 나오는 것이다. 하루는 내 수업을 듣는 연구원이 자기 친구가 남편과 사이가 안 좋아서 작명소 가서 개명을 했는데, 전보다 더 나빠졌다는 이야기를 하였다. 게다가 개명한 이름이 한자 이름이었다. 이름을 풀어보니 역시 개명한 이름에 문제가 있었다.

"개명 전 이름은 남편 때문에 스트레스를 많이 받아도 이혼까지는 생각을 안 했을 텐데, 개명하고 나서는 남편과 헤어져야겠다는 생각을 많이 하게 될 겁니다. 개명한 이름에서는 남편을 의미하는 주파수가 없습니다. 그리고 자기 멋대로 살려고 하는 에너지 주파수가 강하게 나타나고 있어서 집에서 가정생활을 하기는 어려운 이름입니다."

그랬더니 그 연구원이 다 맞는다며 고개를 끄덕였다.

개명한 이름으로 볼 때, 남편도 밖에서 다른 여자를 만나 바람을 피울 수 있는 이름이었다. 삶이 더 좋아지려고 개명을 하는 건데 더 나쁜 기운을 불러온다면 개명의 의의가 전혀 없다. 그래서 작명과 개명 모두 신중하게 하라는 것이다.

이름의 법칙이 너무 정교하고 확실해서 매번 놀라게 된다. 나쁜 이름인데 좋은 변화를 가져오고, 좋은 이름인데 태풍을 일으키는 그런 예외는 없다. 이름은, '콩 심은 데 콩 나고 팥 심은 데 팥 난다'의 공식을 철저히 지킨다. 콩을 먹으려면 콩을 심어야 하고, 팥을 먹으려면 팥을 심어야 한다. 마찬가지로 좋은 변화를 바라면 좋은 이름을, 태풍을 기다리면 나쁜 이름을 지으면 된다. 나쁜 이름을 지어놓고 "왜 태풍이 닥치는 거야?" 하고 따지면 안 된다.

사주는 변하고 움직인다. 이름도 개명을 하면 반드시 '움직인다'. 나쁘게 움직이느냐 좋게 움직이느냐 그것만 다르다. 사주팔자 안 변한다는 말을 많이 들었을 것이다. 사주팔자가 그릇이라면, 내가 태어난 그릇은 정해져 있지만 쓰임새는 운의 흐름에 따라 얼마든지 달라질 수 있다. 간장 종지만 한 그릇이라도 없어서는 안 될 용도로 애용될 수 있다.

잘 지어진 이름은 운의 흐름을 타고 운기가 좋아지기에 개명한 효과가 있으며, 잘못 지어진 이름은 운의 흐름과 역행하기에 개명한 효과가 없다. 그래서 개명할 때는 기준이 있어야 한다. 내담자의 탄생일인 사주와 대운 흐름과 세운의 흐름을 살펴보아야 한다.

인생에서 가장 큰 영광은 넘어지지 않는 것에 있는 것이 아니라 매번 일어선다는 데 있다.

남아프리카공화국 최초의 흑인 대통령이자 흑인인권운동가였던 넬슨 만델라가 한 말이다. 이름이 아무리 중요하여도 처음부터 좋은 이름을 갖고 살아가는 사람은 많지 않다. 그리하여 어떤 이름은 당신을 넘어뜨릴 것이고, 울게 할 것이고, 아프게 할 것이다.

한번도 안 넘어지고, 한번도 울지 않고, 한번도 아프지 않은 삶은 세상 누구의 것도 아니다. 당신 이름이 당신을 태풍 속으로 끌고 들어간다면 정신을 바짝 차려야 한다. 그리고 태풍의 위험에서 벗어날 기회를 엿봐야 한다. 분명 당신은 덜 아프고 덜 다칠 방법을 찾아낼 수 있다. 가장 중요한 사실, 당신은 넘어질 때마다 매번 다시 일어서고 말 것이다. 그러면 된다.

●

선무당이 사람 잡는다

환자의 혈액형과 맞지 않는 피를 공급하면 환자가 사망할 수 있다. 복어 독을 제거하지 않고 요리하면 그걸 먹은 사람이 목숨을 잃을 수 있다. 심한 열성 체질 환자가 인삼, 녹용과 같은 열성 약재의 한약을 먹으면 두통, 구통, 설사, 가슴 두근거림 등이 발생할 수 있으니 체질을 잘 살펴야 한다. 이런 불상사들은 관련 지식이 있으면 애초에 일어나지 않는다. 그래서 의사들은 환자의 혈액형을 먼저 체크하고, 복어 요리를 하려면 복어 조리법을 먼저 익히고, 한약 처방 전에 한의사는 환자의 체질을 먼저 감별한다. 그런데 누군가 의사 행세를 하고, 전문 요리사 행세를 하고, 한의사 행세를 하면서 이런 기본마저 지키지 않는다면 어떻게 될까?

'선무당이 사람 잡는다'는 속담이 있다. 무당이 된 지 얼마 되지 않아서 모든 게 서툴고 굿도 하지 못하는 무당을 가리킨다. 자기 실력은 생각지 않고 기고만장하여 남의 병을 고쳐준다고 나섰다가 더 위험하게 만든다고 해서 나온 말이다. 이런 세태에 대해 무형문화재인 만신 김금화는 "굿 열두 거리를 제대로 못 배우면 신내림을 받고도 점쟁이나 선무당으로 남게 된다"라며 우려를 표한 적이 있다.

사람들의 운명을 읽고 방향을 잡아줌으로써 죽을 수도 있는 사람을 살려준다는 점에서 무속, 명리학, 작명 분야를 활인업活人業이라고 한다. '사람을 살린다'에는 여러 함의가 있다.

죽고 싶은 정도로 사지에 몰린 사람에게 방향을 알려줘서 돌파구를 찾게 해준다.
삶이 답답한 상황에서 해결책을 모색해준다.
삶을 위로하고 함께 어울려 살아가는 삶의 근본 진리를 깨닫게 해준다.

이걸 다른 각도에서 보면 활인업은 '사람을 나쁘게 할 수도 있다' '더 위험하게 할 수도 있다'가 된다. 많은 이들이 무속인, 명리학자, 작명가를 신뢰하고 그들이 하라는 대로 한다. 그런데 인격과 실력을 두루 갖춘 게 아닌 선무당 같은 이를 만난다면, 삶을 위로받기는커녕 허장성세에 위축되고 말 것이다.

"당장 굿을 하지 않으면 당신 어머니가 죽어!"
"가족 이름을 다 바꿔야 당신이 살아. 안 그러면 당신 죽어!"

이런 말을 듣고 평정심을 유지하기란 쉽지 않다. 장담하건대, 인격을 갖춘 실력 있는 무속인이나 성명학자는 이런 겁박을 하지 않는다. 그런데 일부에선 단기간에 자격증을 남발하여 우후죽순 전문가 간판을 달고 '활인업'에 뛰어들게 하고 있다. 실력이 부족하므로 누굴 가르칠 형편이 되지 않음에도 대가 행세를 하면서 수강생들을 끌어모은다. 이분야에 문외한인 이들의 눈과 귀를 속여 얕은 지식을 알려주고는 '대스승'이라도 된 양 거들먹거린다.

작명업 세계, 이대로 괜찮을까? '작명'의 격을 떨어뜨리고 끊임없이 분란을 일으키는 이들을 보고 있자니 성명학자로서 한숨이 나온다. 최고가 되고 싶으면 최고의 실력을 갖추면 된다. 전국 일등은 하고 싶은데 공부는 하기 싫으니 자기가 일등 상장을 만들어서 내거는 꼴이다.

본인이 사주를 잘 볼 줄 모르니 자기 수강생들한테 "사주 몰라도 작명에 상관없다"고 가르치는 작명사들도 있다. "환자 혈액형 몰라도 돼요. 아무 피나 수혈해주세요" 하는 돌팔이와 다를 게 없다. 작명에 있어서 내담자의 탄생일인 사주 정보는 집을 짓는 골조와 같은 것이다. 골조가 탄탄해야 집이 무너지지 않듯, 사주 원리를 술술 꿰뚫고 있어야 작명에 자유자재로 응용할 수 있다.

음양오행을 바탕으로 구성된 사주와 한글성명학은 깊은 연계성이 있다. 한글 성명에 내재된 파동주파수의 활동에너지로 인해서 이름 주인에게 영향을 미친다는 사실은 30여 년 전에 성명학자 이우람 선생님이 『누가 이름을 함부로 짓는가?』(1991)에서 이미 정리한 바 있다. 그런데 이우람 선생님의 자음파동성명학은 성명학계에 한 획을 긋긴 하였지만 모음이 빠져 있어서 자모음 모두 쓰는 한글성명학 풀이에는 한계가 있었다.

훈민정음의 자모음오행배속은 작명학회마다 조금씩 차이가 있다. 안영란 작명가를 통해 알려진 우충웅 선생의 자모음오행배속은 남시모 선생의 『동자삼작명학』(2000), 이응문 선생의 『태극사상과 한국문화』(2015)와도 일치하는 부분이 있으므로 나도 활용하고 있다.

작명하는 분들 중 내담자의 탄생일인 사주는 확인하지 않고 성姓과 이름을 상생과 상극의 조화로만 작명을 하고 있다. 그러다 보니 내담자의 탄생일인 사주에서 피해야 할 십성으로 작명을 하는 악수를 두게 된다. 개명 전보다 개명 후에 더 나쁜 일들이 생기는 건 이 때문이다.

한글 성명과 개인 사주를 비교해보면, 성姓은 조상을 뜻하며 이를 선천운이라고 하는데, 탄생일인 사주와의 조합이 대부분 동일하지 않다. 어떤 경우는 사주에서 필요한 희신과 용신으로 구성되어 있는 경우가 있다. 그럼에도 원래 탄생일인 사주는 도외시한 채, 성姓을 사주라 하여 작명을 하는 오류를 범하고 있다. 그렇게 이름을 지으면 그 피해는 고스란히 이름 주인에게 돌아간다. 안타깝게도 당사자는 자기 이름이 잘못 지어졌다는 사실을 알 수 없다.

그리고 이름의 첫소리(중심수)인 초성은 사람이 태어나면서 고정이고 불변인 사주 육친의 중요한 기운이, 이름의 첫소리(중심수)와 공통점이 있다. 이에 관해서 나는 2018년 2월 경기대학교 문화예술

대학원 석사 논문「사주를 바탕으로 한 한글성명학의 운용연구」에서 정리, 발표하였고 2023년 현재는 경기대학교 일반대학원 동양문화학과 박사 과정에 있다.

이름의 첫소리인 중심명운은 사주의 월지, 일지, 시간, 년간 및 년지, 사주의 용신 및 희신 순서대로 영향을 미쳤다. 이름의 첫소리에 있는 육친의 수리는 사주의 월지月支와 일지日支. 월천간月天干 등에 해당 수리가 있는 것과 동일하게 본다. 그래서 사주를 보지 않고, 한문으로 풀어보지 않더라도 사주와 동일한 상담이 이루어질 수 있다. 이를 통해 이름의 첫소리에서 파악할 수 있는 성격과 심리 그리고 직업이, 탄생일인 사주에서 파악되는 성격과 직업이 일치하는 것이다.

우리의 입을 통해 나가는 소리의 파동은 발음 오행에 해당하는 인체의 장기 에너지가 작용해서 외부로 나가는 것이기에 이름의 소리 에너지가 각각 다를 수밖에 없다. 즉, 같은 이름이라도 태어난 해가 다르므로 성격과 심리 그리고 길흉화복에 관한 통변이 모두 다른 것이다. 문제는 내담자의 탄생일인 사주를 보지 않고 작명을 하면서 이름 안에도 오행이 다 들어가 있으니 괜찮다고 주장하는 작명가들이다.

사주 원리를 체계적으로 배우지 않은 상태에서 십성+星만 달달 외워 작명에 적용하고 있으니 허점이 많다. 사주 원리 중 하나인 십성+星은 십신+神이라고도 하는데, 일간을 기준으로 음양오행의 생극제화를 열 개의 별로 정리한 것이다. 십성만 겨우 안 상태에서는 이름 안에 흉함이 있다 할 때 어디에서 기인한 것인지를 알 수 없다. 성명학은 음식으로 치면 한정식 같은 것이다. 사주명리학을 능숙하게 응용할 줄 모르는 작명가는, 밥과 라면밖에 할 줄 모르면서 한정식 요리의 대가라고 우기는 것과 같다.

이름에서는 가장 중요한 부분은 이름의 첫 자음이다. 이 첫 자음에 어떤 십성이 와야 하는지는 내담자의 탄생일인 사주를 보고 찾아내야 하며 성姓과 조화를 이루어야 한다. 그리고 이름 안의 파동 주파수의 배합이 상생이 좋을 수 있고 상극이 필요할 때도 있다. 무조건 상생만 맞는 게 아니다. 어떤 적용이 더 조화로울지는 탄생일인 사주를 봐야 정확하다. 상극이 필요할 때 상생으로만 해주면 안 된다. 이름 안에 사주의 십성인 육친을 다 넣어주었다고 해서 무조건 좋은 이름이 되는 건 아니다. 탄생일인 사주를 볼 줄 모르면 그 판단을 할 수 없다.

작명에서 탄생일인 사주가 이처럼 중요한데 사주 원리를 배제한 작명가 배출에만 열을 올리는 이들이 있으니 개탄스럽기 그지없다. 실력 있는 제자 배출엔 관심 없고 파동, 소리 성명, 작명을 상표등록으로 선점했다는 기득권을 앞세워서 다른 작명가들의 밥그릇을 빼앗고 있다. 사주 원리는 중국 당나라 때 이미 체계화되었으며, 우리나라엔 늦어도 고려시대 무렵엔 사주명리학이 전래되었을 거란 사실은 모두가 인정하는 바이다.

●

그리고 이우람 선생이 처음으로 사주명리학 원리를 성명에 적용, 운용하였다. 그럼에도 이러한 근거를 무시한 채 자신이 이분야의 창시자라고 주장하는 목불인건 작명사가 있다. 이우람 선생의 수제 자로부터 성명학을 배우고 대학원에서 학문적 연구를 계속해오고 있는 나로선 실소를 금할 수 없다.

사람들은 대부분 내담자의 탄생일인 사주를 보고 작명해주는 줄 안다. 제한적인 지식을 가지고 허점투성이의 작명을 한다는 사실을 알 리 없다. 한정식 요리를 만들어본 적도 없고 먹어본 적도 없는 사람이 한정식 요리사 자격증을 남발하는 것과 같은 어처구니없는 상황이 지속되고 있다. 한정식 요리사 자격증이 있다 한들 그런 이들이 식당을 열어 제대로 된 한정식을 제공할 능력이 있겠는가. 요리의 완성도는 먹어보고 눈으로 확인할 수 있으니까 그런 식당은 금방 걸러진다. 하지만 작명사들의 실력은 일반 고객 차원에서 검증할 방법이 없다. 혹세무민이 아닐 수 없다.

모든 학문은 인간의 삶을 고양하기 위해 진화해왔다. 휴머니즘 과 배치하는 학문이나 사람은 사회에 긍정적으로 기여할 수 없다. 선한 영향을 줄 수 없다. 특히 활인업은 사람들의 삶을 덜 위태롭게 해주고, 행복에 가까워지도록 돕겠다는 사명감이 내포되어야 한다. '돈만 벌면 돼' 하는 이들이 절대 뛰어들면 안 되는 세계이다.

작명을 통해 타인의 삶에 긍정적인 변화를 만들어주는 사람이 작명사이다. 즉, 인간 존엄을 위해 만들어진 직업의 하나인 것이다.

그런데 '내가 최고이다' '내가 유아독존이다' '못 이기면 힘으로 밀어붙이겠다' 하는 생각을 가진 사람은 훌륭한 상담사가 될 수 없다. 함께 어울려 사는 지혜보다는 남을 짓밟고 독식하겠다는 야만이야말로 반인륜이기 때문이다. 이런 마인드의 사람에게 타인의 삶을 성찰해줄 수 있는 통찰력이 깃들어 있을지 의문이다.

훌륭한 상담사들은 훌륭한 인격자들이다. 다른 사람들 위에 군림하고 지배하겠다는 욕심 자체가 없다. 부디 이 세계가 여기에서 더 파괴되지 않기를 바란다. 공존의 미덕이란 그리 거창한 게 아니다. 이 세계를 진심으로 위하고 걱정한다면 질 좋은 수업을 통해 실력 있는 제자들을 배출해내면 된다. 지금 이 시대가 요구하는 작명 패러다임은 변화무쌍하게 달라지고 있다. 넓고 깊게 알지 못하면 도태된다. 디지털 정보화시대 고객을 상대하는 일이다. 얕은 지식으로 대가 흉내를 내던 구습을 잊어야 한다.

과거에 통하던 횡포가 지금도 통할 거라고 착각하면서 계속 만행을 저지르다간 '사람 잡는 선무당'이란 비난에서 헤어나오지 못할 것이다. 인터넷이 지금처럼 발달하지 않았던 시대에나 가능했던 횡포, 갑질, 폭력, 불의들이 지금 어떻게 종국을 맞고 있는지 기억해야 한다.

그리하여, 지금 나와 동시대를 살아가는 작명가들한테 감히 고언을 드린다. 내담자의 탄생일인 사주를 잘 모르고 짓는 이름은 '작명의 의의와 효과'에 배치하는 작명이다. 지금이라도 늦지 않았다. 탄생일인 사주와 성명학 공부를 제대로 해서 '바른 작명, 옳은 작명'을 해주기 바란다. 그래야 명실상부 '활인업' 자격을 갖출 수 있다.

작명사가 되려는 분들에게

여러 곳에서 작명 교육 프로그램을 운영하며 작명사 자격증을 발급해준다. 다른 곳에서 단편적인 속성 교육 과정을 이수하고 자격증을 받은 이들이 이름 통변도 못하고 고민하다가 나한테 다시 공부하러 오는 경우가 많다. 뭘 배웠는지 확인해보면 너무 허술해서 한숨이 나올 때가 많다. 특히 '사주명리학을 몰라도 작명에 아무 문제 없다'고 했다는 작명 선생들이 적지 않음에 그들이 과연 작명을 가르칠 자격이 있는지 묻고 싶다. 연구를 게을리하지 않는 훌륭한 작명사도 많지만, 작명하면 안 되는 실력인데도 거들먹거리며 최고의 작명 선생 행세를 하는 작명사들도 있다.

사람 이름이나 상호 짓는 걸 업으로 삼는 사람을 작명사 또는 작명가라고 한다. 작명을 업으로 하려는 분들은 일정 교육 과정을 이수한 뒤 시험을 통해 작명사 자격증을 취득하고 있다. 작명사 자격증은, 작명을 할 수 있다는 최소한의 자격증이지 실력이나 수준이 검증됐다는 의미는 아니다. 평균 수명이 늘면서 40~50대 이후 분들이 제2의 직업으로 작명사에 많이들 도전하고 있다. 요즘은 작명사들이 사람 이름 외에 다양한 네이밍 작업에도 공조하는 추세라서 이분야의 수요는 앞으로도 무궁무진하지 않을까 싶다.

●

내 교육 프로그램 중에도 성명 상담사 및 작명사 양성반이 있어서 지금까지 많은 분이 거쳐갔다. 그 중 이런 분이 있었다. 다른 곳에서 성명학을 배워서 작명은 할 수 있으니 나한테 작명사 자격증만 제공해달라는 거였다.

"내가 배운 곳은 자격증을 주는 곳이 아니더군요. 자격증 발급 비용은 낼게요. 작명 실력은 됩니다."

막무가내로 사정하였다. 이런 경우가 처음이라 황당하고 어이가 없었다. 수술은 A병원에서 받았는데 수술증명서는 B병원에서 떼어달라는 식이었다. 이런 부탁을 해서도 안 되지만 들어줄 수도 없다. 내 소관에서 자격증을 발급해주는 건 내가 그 사람을 보증한다는 증표이기도 하다. 상대의 실력을 알지도 못하면서 어떻게 자격증을 준단 말인가.

"배운 데가 자격증을 수여하는 곳이 아니면 어쩔 수 없습니다. 그렇다고 가르치지도 않은 제가 자격증을 드릴 순 없습니다. 저에게 배워서 실력이 검증된 분들에게만 드릴 수 있습니다."

그랬더니 언짢은 목소리로 "작명이라는 게 거기서 거기 아닙니까? 선생님은 다른 걸 가르치는 것도 아니고. 자격증 때문에 선생님한테 다시 배우라는 겁니까?" 하면서 항변하였다.

"작명 실력이 어떻게 다 같습니까? 그곳에서 사주명리학은 배우셨나요?"

"안 배웠습니다."

"그럼 작명을 어떻게 하실 수 있습니까?"

"몰라도 할 수 있습니다."

"그렇다면 다시 공부하셔야 합니다. 저한테 공부를 해보면 그 차이점을 분명히 아실 수 있습니다. 지금 상태에서 개업하는 건 무리가 있습니다."

왜 사주명리학을 배워야 하는지 설명해주었더니 퉁명스럽게 이렇게 말했다.

"이분야에 계신 분들 많이 만나봤는데 다 말장난 같더군요. 이름에 무슨 공식이 있습니까?"

"아닙니다. 공식이 왜 없습니까? 공식이 있습니다. 그래서 함부로 작명하면 안 됩니다. 공식에서 벗어나면 나쁜 이름이 됩니다. 그래서 제대로 배워야 힙니다. 인 그러면 바른 공식을 대입할 수 없습니다. 성함이 어떻게 되십니까?"

"내 이름은 이ㅇㅇ입니다."

"공식이 없다면, 선생님은 이름을 감정할 때 기준이 무엇입니까? 2022년에 태어난 이ㅇㅇ과 1970년에 태어난 이ㅇㅇ, 그리고 1950년에 태어난 이ㅇㅇ의 삶은 다 같지 않잖아요."

"아닙니다. 이름이 같으니 다 같습니다."

이 말을 듣고는 깜짝 놀랐다. 이분이 정녕 성명학 이론을 조금이라도 배운 분인지 어리둥절할 지경이었다. 기본도 모르면서 자격증을 찾아다니다니! 이런 수준으로 사무실을 열고 사람들 이름을 지

●

어줄 걸 생각하니 가슴이 철렁 내려앉았다.

"태어난 탄생일인 사주가 다 다른데 어떻게 운명이 다 같습니까?"

"같은 이름을 가진 사람은 나이와 상관없이 운명이 다 똑같습니다. 저는 그렇게 배웠습니다."

"선생님 연세가 어떻게 되세요?"

"기해생입니다."

"선생님은 64세로 가운데 이름이 'ㅈ'이니 교육 분야에 종사할 수 있고 배우는 걸 좋아합니다. 집에서 맏이 역할을 하고, 머리가 좋고 창의성도 있습니다. 맞나요?"

"맞습니다."

이어서 그분의 이름에서 전체적으로 배우자운과 자녀운 그리고 직업운과 재물운에 대해서 통변해주었다. 그랬더니 자기는 어려운 이론 몰라도 사람을 보면 등급이 매겨진다고 하였다. 즉 사람을 보면 촉이 발동한다는 것이다. 속으로 '사주명리학은 몰라도 촉으로 사람을 해석하겠다는 것인가?' 하는 생각이 들었다.

"그래서 자녀들과 소통이 안 되고 장점보다는 단점을 더 많이 보았을 겁니다. 직장생활도 그래서 순탄하지 않았을 테고요."

"그렇습니다."

"호기심이 많아서 이것저것 배우기는 하는데 막상 써먹기는 어려운 이름을 가지셨네요."

"맞습니다."

그는 내 통변이 정확하게 맞아떨어지니 '사주명리학을 모르면 좋은 이름을 지을 수 없다'는 내 말에 더는 따지지 않았다.

"이래서 한글 성격심리성명학은 과학이고 수학이며, 공식이 분명하게 있는 것입니다."

"그렇군요. 제가 너무 단순하게 생각한 것 같습니다. 성명학 자격증 따는 건 포기해야겠습니다."

"네, 잘 생각하셨습니다. 탄생일인 사주도 모르면서 다른 사람의 이름을 작명하겠다는 것은 굉장히 위험한 일입니다."

그분은 알았다며 전화를 끊었다. 행여라도 다른 곳에서 작명사 자격증만 얻는 일이 없기를 바란다.

명리학은 인간도 자연의 일부라는 세계관이자 운명학이다. 명리학 이론은 대단히 정교하다. 사주대로 이름이 지어진다는 건 탄생일인 사주명리학을 통해서만 확인할 수 있는 비밀이다. 환경과 성격이 자모음 한글성명학에 나타나 있어 결국 이름이 성격에 영향을 미치기 때문에 이름을 통해 나를 알 수도 있고 상대도 알 수 있다.

한 유명한 셰프가 "진정한 셰프라면 자신이 만드는 음식에 사용되는 재료들이 어떤 땅과 어떤 기후에서 어떻게 생장해 왔는지 알아야 한다"라는 요지의 말을 했다. 요리에 있어서 음식 재료의 생장 환경도 그렇게 중요하거늘, 하물며 평생에 걸쳐 영향을 미치는 작명의 근원이 되는 사주를 어찌 소홀히 여길 수 있겠는가.

작명사 공부를 하고 싶다면서 사주명리학을 먼저 배워야 할지 성명학을 먼저 배워야 할지 묻는 분들이 있다. 둘 다 배워야 하지만 따로 배우다보면 한도 끝도 없다. 이때 나는 성명학을 먼저 배우기를 권한다. 한글성명학을 배우고 나면 사주명리학이 쉽게 이해되어 명리학을 배우는 시간이 많이 절약된다.

작명은 어려운 학문일까? 성명학은 종류도 많고 이론도 다양하다. 한글성명학은 사주 원리를 깊이 파고 들면 들수록. 임상과 경험을 하면 할수록 이름의 좋은 소리 에너지가 그 사람의 무의식, 성격, 심리를 크게 좌우한다는 사실 때문이다.

상식으로 알아두고자 한다면 어려울 건 없다. 하지만 성명학을 배워서 나와 내 지인의 작명에 실제 활용하고 나아가 업으로 삼을 거라면 전문적인 과정이 될 수 있다. 내 경우, 27년 전에 두 딸의 이름을 성명학의 원리와 이치를 제대로 배워서 직접 지어주려고 발을 들였다가 직업이 되었으며, 지금은 박사 과정까지 밟고 있다. 성명학을 알수록 그 절묘한 이치에 감탄사가 절로 나온다. 어설프게 배운 지식으로 딸들 이름을 짓는 어리석은 실수는 저지르고 싶지 않았다. 이게 성명학 공부를 제대로 하게 된 이유이다.

이처럼 성명학의 원리를 이해하는 것과 작명사가 되는 것의 간극은 크다. 그리하여 앞에서 언급한 분도 그렇거니와 작명사가 되고 싶은 분이라면 자신의 적합성을 따져볼 필요가 있다. 본격적으로 공부를 시작하기 전에 검토하면 시간과 에너지를 줄일 수 있을 것이다.

■ 좋은 작명사가 되기 위한 요건

1. 작명의 기본인 사주풀이를 잘해야 한다.

탄생일인 사주팔자 풀이를 잘하기 위해서는 오랫동안 사주명리학을 공부하고 상담한 임상과 경험이 있어야 무엇이 병이고 무엇이 약인지를 알 수 있다. 탄생일인 사주가 지닌 한계를 이름으로 보충해줄 수 있어야 한다.

2. 경청을 통해 정확한 진단을 해주어야 한다.

이름 상담은 내담자가 궁금해하는 이름에 대한 문제점을 먼저 정확하게 진단해주어야 하며 이해하기 쉽게 자세히 설명해주어야 한다. 그리고 지금까지 살아오면서 내담자의 고충이 무엇인지 왜 이름을 바꾸고 싶어하는지에 대해 상대방 얘기를 듣는 것에서 시작한다.

3. 참을성이 있어야 한다.

모든 상담이 그러하듯 사람을 대하는 직업은 참을성을 요구한다. 상대방의 어떤 말이나 태도가 불량할 때 즉각적으로 반응하지 않고 현명하게 대처할 수 있어야 한다.

4. 측은지심이 있어야 한다.

나와 내 가족이 아닌 사람의 작명에 당사자의 절실함을 투영하려면 측은지심이 있어야 한다. 다른 사람의 고민과 고통에 공감하고 '저 사람 얼마나 아프고 힘들었을까' 안타까워하는 마음이 있어야 한다. 더불어 '온 마음을 다해 좋은 이름을 지어주어야지' 하는 심성까지 지닌다면 더할 나위 없다.

5. '활인업'으로서의 사명감이 필요하다.

작명사 일을 하나의 돈벌이 수단으로만 여긴다면 이 일은 재미있지 않다. 늘 타인의 고민과 갈등에 귀를 기울여야 하기 때문이다. 하지만 다른 이의 불편한 삶을 조금이라도 편안하게 개선해주고 거기에서 보람을 느낄 수 있다면, '치유'로서의 성명학이 주는 기쁨을 즐기게 될 것이다.

6. 입이 무거워야 한다.

작명 상담을 하다보면 사생활에 관해 많은 정보를 알게 된다. 개중엔 내밀한 비밀도 있다. 들은 이야기는 타인에게 발설하지 않는 게 불문율이다. 방송, SNS, 책 등에 상담 내용을 소개하고 싶다면 상대의 신상을 최대한 보호해서 누구 이야기인지 모르게 해야 한다. 특히 이름만 대면 알 만한 사람들 작명을 해주었대도 상담 중 들은 예민한 내용을 발설하지 않아야 한다. 이런 부분에서 믿음이 깨지면 아무리 실력 있는 작명사라고 해도 오래 가지 못한다.

그리고 절대 이 세계에 들어오면 안 되는 사람이 있다.

작명사가 되어 일확천금을 벌고 싶은 사람, 당장 생계가 어려워서 하루 빨리 작명사가 되어야 하는 사람, 죄의식이 없는 사람 등은 작명사가 되면 안 된다. 작명사 이미지를 저하시킬 뿐만 아니라 작명 상담 요청자들에게 유무형의 피해를 입힐 수 있다. 돈 욕심이 앞서면 교언영색으로 사람들을 무리하게 끌어모으게 된다. 실력을 한

껏 부풀리고, 개명하지 않아도 되는 이름에 틀린 해석을 들이대며 개명을 강요할 것이고, 실력 있는 작명사들을 모함하여 자신만 돋보이고자 할 것이다.

그리고 경제적인 곤궁에 처해 있는 사람은 마음이 급하다. 실력을 제대로 갖추기 위한 긴 호흡을 유지할 시간과 돈이 없다. 작명사 자격증을 빨리 받아야 하므로 사주명리학을 안 배워도 된다는 곳에서 속성 수업을 받게 된다. 그런 사람들이 작명사무실을 열어봤자 실력이 없으니 상담하러 오는 사람 자체가 없다. 또한 죄의식 없는 작명사들은 자신의 이해관계에 따라 '작명'을 도구로 삼을 수 있다.

이름과 작명에 대한 인식은 앞으로 더욱 부각되리라 본다. 그런 점에서 작명사는 미래지향적인 직업 중 하나이다. 앞으로 작명사들이 만나게 될 대상은 과거의 상담 대상보다 훨씬 젊은 세대들이 될 것이다. 그들의 문화, 감수성, 성격, 가치관을 이해하지 못하면 그들에게 꼭 맞는 작명도 어렵고 소통 자체도 순조롭지 않다. 인정받는 작명사가 되려면 실력을 갖춰야 한다. 그리고 과거의 단조로운 분석법을 확장해야만 한다.

성명학자가 되길 잘했다고 생각하는 건, 내가 타인의 삶에 긍정적으로 기여할 수 있어서이다. 온 마음을 다해 작명해준 사람의 피폐했던 일상이 회복되는 걸 지켜보는 보람은 돈 이상의 가치이기도 하다. 그러므로 작명사 준비를 하고 있거나 수박 겉핥기식으로 자격증을 딴 분들은 냉정하게 스스로에게 물어봐야 한다. '나는 어떤

●

작명사가 될 것인가?'를.

대충 알면 모르는 것과 같다는 말이 있다. '적당히 빨리 배워서 개업해야지' 하는 생각을 갖고 있다면 업종을 바꿔야 한다. 작명은 '칼'과 같은 것이다. 의사가 잡으면 누군가를 살릴 수 있지만 강도가 잡으면 누군가의 목숨을 빼앗을 수 있다. 당신의 작명 실력이 어느 단계냐에 따라서 당신은 누군가의 삶에 빛을 줄 수도 있고 어둠을 줄 수도 있다.

그러니 작명사가 되려는 분들은 자격증을 얼마나 빨리 받을 수 있는지보다는 어떻게 해야 실력을 갖춘 작명사가 되는지에 골몰하기를 바란다. 결과적으로 그게 세상도 살리고 당신도 살리는 길이다.

비즈니스 네이밍, 콘텐츠 네이밍

작명의 수요층과 범위가 확장될 거라는 얘기를 오래 전부터 해왔었다. 오프라인에서의 다양한 사업은 말할 것도 없고 요즘은 인터넷과 컴퓨터 통신을 활용한 콘텐츠가 발달하여서 경쟁력을 위한 네이밍이 요구되었기 때문이다. 앞으로도 다양한 인프라를 통해 크리에이티브한 콘텐츠는 계속 늘어날 것이고, 그에 잘 맞는 타이틀과 네이밍 작업이 작명사들의 영역으로 자리잡게 될 것이다.

상호 네이밍은 과거에도 중요하게 여겼다. 바뀌는 시대 조류에 맞추어 회사명까지 바꾸는 기업도 종종 있었다. 1968년도에 설립된 '포항종합제철'은 사명이 구식이라는 여론과 함께 기존의 이미지를 쇄신하기 위한 노력의 일환으로 2002년에 '주식회사 포스코'로 개명하였다. 대기업이 상호를 바꾸는 건 개인의 작명과 비교할 차원이 아니다. 수많은 것들이 정정되고 바뀌어야 한다. 그런 불편을 감수하면서까지 개명한다는 건 그만큼 기업 네이밍을 중요하게 생각한다는 반증이다.

비즈니스 네이밍 : 회사 이름, 기업의 계열사 이름, 각 브랜드 이름, 대형 프로젝트 이름, 신규 사업 타이틀, 소규모 가게 이름, 프랜

차이즈 이름, 제품명, 카페 또는 식당 이름, 1인 기업 이름 등

콘텐츠 네이밍 : 온오프 연계 콘텐츠 사업, 인터넷쇼핑몰, SNS, 유튜브 개인방송, 다양한 온라인 활동 등

몇 년 전에 젊은 남성의 의뢰로 개명을 해준 일이 있는데, 이름의 선천운에서 보이는 특성과 이름의 부조화로 인해 직업에 어려움을 겪는 상황이었다. 새로운 분야에서 일하고 싶어하는 열망이 보였다. 탄생일인 사주에서 필요한 희신과 용신으로 개명을 해주었더니 색다른 이름임에도 굉장히 마음에 들어했다. 그 뒤, 내가 지어준 이름을 가지고 전문직종의 유튜버로 활발하게 활동하고 있는 걸 보면서 보람을 느꼈다.

상담하다보면 사이좋았던 이들이 협업하고 나선 싸우고 갈라서는 사례가 적지 않다.

"선생님, 그 친구와 20년지기입니다. 한번도 다툰 적이 없었어요. 그래서 같이 카페를 시작한 건데 별일 아닌 거에도 걸핏하면 다투게 되네요."

"선생님, 우리 부부는 살면서 서로에게 큰소리 한번 낸 적 없어요. 그런데 같이 식당을 하면서는 잠잠한 날이 없습니다. 이혼 얘기까지 나온다니까요. 이럴 줄 알았으면 식당을 하지 말 걸 그랬습니다."

이런 하소연을 듣다보면 안타깝기 그지없다. 각각의 사주와 이름

●

을 풀어보고 업종 선택과 상호 네이밍을 했더라면 불화를 최소화하지 않았을까 싶어서이다. 어떤 경우엔 두 사람의 사이가 아무리 좋더라도 협업을 하지 않는 게 나을 때도 있다. 성격심리성명학은 기존의 성명학으로는 판단할 수 없는 이런 예민한 차이들을 정확하게 찾아낼 수 있다.

무엇보다도 상호명은 처음부터 신중하게 정하는 게 좋다. 그리고 나중에라도 상호의 문제점이 발견되고 그게 회사에 장기적으로 부정적인 요소가 될 것 같다면 개명이 최선일 수 있다. 앞에서 말한 것처럼, 20세기에 작명한 '포항종합제철'이란 기업명은 21세기엔 분명 어울리지 않는다. 사람의 이름도 미래지향적이어야 하거늘 기업 이름은 더욱 그렇다.

구시대적 상호는 낡은 이미지를 갖는다. 다른 상호와 혼동되지 않을 차별화된 상호, 부르기 어렵지 않은 상호, 세련된 상호, 국내외적으로 불리기 좋은 상호. 이런 조건을 모두 부합하는 상호가 일단 좋은 상호이다. 그 외 성공을 부르는 네이밍 요소가 뒷받침되어야 한다. 물론 사업의 성공 여부엔 여러 요소가 작용한다. 대표의 노력과 운 그리고 상호 이 삼박자가 맞아떨어져야 한다.

동양철학의 오묘한 이치를 인정하는 이들은 이미 오래 전부터 사업에서 이를 최대한 활용하였다. 삼성의 이병철 회장은 사원을 뽑을 때 관상을 보고 뽑았으며, 어느 회장님은 비서를 뽑을 때 사주를 보고 채용했다고 한다. 과거의 '관상' 개념이 확장되어서 '이미지메이킹'으로 발전하였고, 외국의 정치인들은 '이미지메이킹'을 선거전략에서 최우선으로 삼고 있다.

몇 년 전에 나한테서 개명과 상호명을 지어간 분이 있었다. 상점 없이 프리랜서로 영업을 해왔던 분인데 드디어 점포를 냈다면서 초대장을 보내왔다.

"선생님한테 이름과 상호를 받은 이후에 계속 일이 잘됐습니다. 이번에 내 점포도 열었고 신도시에 상가도 하나 사서 임대료 수입도 있습니다. 계속 목표를 상향하고 있습니다. 덕분입니다."

좋은 이름과 나에게 맞는 상호는 그 사람의 인생에서 8차선 고속도로와 같다. 장애 요소가 없으므로 막힘없이 달릴 수 있다. 그런데 이런 부분을 무시한 '나쁜 상호'는, 비 오는 날 포장이 안 된 국도를 달리는 트럭과 같다. 덜컹거리고, 크고 작은 장애물이 계속 나타나고, 운전하는 이의 자세가 내내 편치 않다. 마음고생 몸고생이 몇 배로 커진다.

상호는 시대 조류이고 트렌드이다. 콘텐츠 또한 시대에 따라 어떤 조류는 사라지고 어떤 조류는 새로 탄생하고 있다. 시대의 정서를 읽고 사람의 사주와 성격과 이름을 통합, 분석해내는 성격심리 성명학자들은 그 시대 네이밍에 가장 최적화된 사람이라고 할 수 있다. 어떤 업종을 어떤 상호로 하면 가장 좋을지, 그 사람의 사주와 이름이 지닌 특성을 반영하여 제시해줄 수 있다.

과거엔 다방에서 커피를 팔았다. 그 후 커피숍이 되었다가 지금은 카페가 되었다. 커피를 파는 카페 '스타벅스' '이디야' '빽다방'은 하나의 브랜드이자 고유명사가 되었다. 누군가 카페를 하고 싶을 때 어떤 이름이 좋을 것인가는 그러므로 정해져 있지 않다. 카페를 하려는 사람의 사주, 이름, 위치 등을 분석해야 하고 성격, 성향 등도 함께 반영하는 게 좋다. 같은 장소에서 같은 상호로 카페를 해도 주인이 바뀌면 결과가 달라지는 이유이다.

"장사 잘되는 카페라서 권리금 많이 주고 인수했는데 거짓말처럼 그 많던 손님들이 뚝 끊겼어요. 어떻게 이럴 수가 있죠?"

이런 경험을 해본 사람들이 적지 않다. 주인이 바뀌어도 계속 잘 되는 곳이 있고, 더 잘 되는 곳이 있고, 전과는 비교가 안 될 정도로 안 되는 곳이 있다. 새 주인의 노력과 운의 작용 그리고 새 주인의 탄생일인 사주와 이름이 상호와 어떤 영향을 주고받는지에 따른 결과라고 볼 수 있다.

사람의 이름을 지을 때도 명품이 있듯이 상호에도 명품이 있다. 대표의 탄생일인 사주를 보완해주고 부족한 운을 채워줌으로써 성공을 불러오는 명품 네이밍, 사업주와 사업체에 다 잘 맞는 명품 네이밍은 분명 있다. 한글시대라고 해서 반드시 한글로만 작명할 필요는 없다. 글로벌시대인 만큼 필요하다면 외국어 작명도 좋은 선택일 수 있다.

사업 준비를 하면서 의외로 상호에는 공을 들이지 않는 분들이 꽤 있다. '회사 이름이야 아무려면 어때?' 하는 생각으로 셀프 작명을 한다. 사업 종목을 선택할 때에도 주변 권유로 결정할 때가 많다. 사업에 성공하기 위해서는 상호도 중요하지만 본인이 좋아하고 잘할 수 있는 일을 해야 한다.

최근 몇 년 사이에 조기 퇴직과 실업 인구가 늘어나면서 카페 창업이 계속 증가하고 있다고 한다. 2023년 현재 커피를 팔고 있는 곳이 10만여 곳이나 된다. 충격적인 건, 새로 문을 연 카페 다섯 곳 중한 곳이 1년 내에 폐업하고 있다는 사실이다.

일전에 카페 창업을 상담해온 분이 있었다. 커피를 좋아하냐고 물으니까 "아닙니다. 저는 건강을 위해서 허브차만 마십니다" 하는게 아닌가. 그래서 "커피에 대해서는 많이 아시나요?" 했더니, "커피를 일주일에 많이 마셔야 한두 잔이라 커피에 대해 알 기회가 없었습니다" 하였다. "커피머신을 다룰 줄은 아세요?" 하고 묻자 "어차피직원 두고 할 거라서 배우진 않았습니다" 하였다.

그럼에도 불구하고 이분이 카페를 하려는 건 전문적인 기술 없이당장 할 수 있어서였다.

"대박날 카페 이름을 지어주십시오."

이런 주문을 했지만 정중하게 사양하였다. 상호가 아무리 중요하다지만 이 경우 어떤 상호를 갖다대도 대박 카페가 될 가능성이 희박하다.

"우선은 선생님이 좋아하는 카테고리에서 업종을 선택하세요. 카페는 '커피'를 매개로 한 손님과의 공감입니다. 그런데 선생님은 가장 기본적인 '커피를 즐기는' 공감부터 안 되기 때문에 카페를 하면 원하는 만큼의 성공을 거두기가 쉽지 않을 겁니다."

요새는 사업을 시작하기 전에 상호 등록부터 해놓는 경우도 있다. 그만큼 상호의 중요성을 인식하고 있기 때문이다. 하지만 아직까진 이런 사업주는 몇 안 된다. 오히려 그 반대의 분들이 훨씬 많다. 인테리어를 위해서는 억대의 공사비를 지출하고 억대의 권리금을 내면서, 막상 상호를 위해서는 '전문가의 네이밍' 비용을 아까워한다. "뭐 대단한 이름 짓는다고 돈까지 써가면서 상호를 만들어"라고 말한다. 용을 다 그려놓고도 마지막으로 눈동자를 찍어 넣지 못해서 '화룡점정畵龍點睛'에 실패하는 것과 같다.

다른 사람이 운영하던 사업장을 인수할 경우에도 기존의 상호를 그대로 사용하지 않고 자신에게 맞는 상호로 바꾸는 게 이치에 맞는다. 상호뿐 아니라 나에게 더 잘 맞는 지역 또는 지명을 찾아 그곳에서 시작하면 결과가 더 좋다. 위험부담을 최소화해서 시작하면 그만큼 손실이 준다.

사업장에 영향을 미치는 상호는 사업장뿐만 아니라 사업장을 이끄는 대표의 사업적 성과뿐만 아니라 직원들과의 교감 그리고 대표의 명예와 건강에까지 영향을 미친다. 이름과 상호의 효과를 결코 과소평가하지 마라. 눈동자가 찍히지 않은 용은 본연의 위엄을 갖지 못한다. 상호가 주인의 탄생일인 사주, 이름과 궁합이 맞지 않는다면 어찌 그 상호가 주인을 위해 빛을 발하겠는가. 성공을 부르는 상호는 따로 있다.

■ 비즈니스 네이밍, 콘텐츠 네이밍에서의 고려사항

1. 회사 또는 콘텐츠의 성격을 잘 드러내고 있는가?

2. 시대에 부합하는 이름인가?

3. 부르기 쉽고 듣기 좋은가?

4. 기억하기 좋은가?

5. 어려운 단어나 발음이 힘든 외국어가 들어 있지는 않은가?

6. 친근감이 드는가?

7. 검색하기 쉬운가?

8. 비슷한 이름이 많지는 않은가?

9. 상호 주인의 사주와 이름이 서로 조화를 이루고 있는가?

10. 상표 등록이 가능한 이름인가?

성격심리성명학에서의 MBTI 활용

현재는 전 세계에서 많은 이들이 컴퓨터를 사용하고 있지만 개인용 컴퓨터가 보급되기 시작한 건 불과 1970년대 말이었다. 1995년 11월에 윈도95가 출시되기 전까지 컴퓨터 운영체제는 명령어를 직접 입력하는 DOS 방식이었다. 획기적인 윈도 운영체제 덕분에 많은 일들을 한꺼번에 처리할 수 있게 되었고, 이때부터 인터넷을 통한 '정보화고속도로' '글로벌 온라인'이란 용어가 등장하였다.

윈도가 새로운 업그레이드 버전을 출시할 때마다 다양한 소프트웨어와 프로그램들도 같이 진화해왔다. 최근엔 미국의 인공지능개발사 OpenAI에서 인공지능 기반의 챗봇 서비스를 출시하여 컴퓨터 소프트웨어 분야의 새 장을 열었다. 불과 50여 년 사이에 일어난 변화이다.

한글성명학 분야도 생성과 소멸을 거치면서 변화해왔다. 한글성명학 단계를 나누자면 이름을 사주의 오행 원리로 풀어서 보는 1단계, 사주명리학과 이름을 연계하여 보는 2단계, 사주명리학과 이름을 연계 분석할 뿐 아니라 심리학과 MBTI 이론까지 통합해 '치유' 영역으로까지 확장한 3단계로 나눌 수 있다. 현재로서는 3단계가 가장 진화된 성명학 차원인 셈이다. 1단계 성명학이 컴퓨터 보급형

이전의 초기 컴퓨터 애니악과 같은 거라면, 2단계 성명학은 컴퓨터의 보급화를 가져온 도스 체제 컴퓨터라고 할 수 있다. 그리고 3단계 성격심리성명학은 '정보화고속도로'가 가능해진 윈도 운영체제와 같다고 할 수 있다.

현재 내가 하고 있는 3단계 '치유' 개념을 도입, 체계화한 작명사는 거의 내가 유일하다. 내 작명 상담이 일반 작명과 달리 '치유 차원의 깊은 공감'이 가능한 건 철저한 사주명리학을 통한 임상과 결과를 한글 이름에 접목한 성격심리분석을 통해 내담자의 문제점을 명확하게 설명해주기 때문이다. 온몸이 아픈데 왜 아픈지를 모른다면 얼마나 답답할까? 음식을 먹고 심한 배탈이 났는데 어떤 음식의 무슨 성분 때문인지조차 모른다면 얼마나 답답할까?

원인을 모르는 한 같은 상황이 언제든지 반복하고 그때마다 답답해질 것이다. 이유를 알면 '갑각류 알레르기 있는 내가 식당 요리에게 소스가 들은 줄 모르고 먹었으니 이런 증상이 일어나는구나' 하고 그 상황을 수긍할 수 있다. '도대체 나한테 왜?'라는 의문이 없으니 스트레스를 덜 받고 상황 이해가 빠르다. '납득'할 수 있다면 일단 '이해'가 동반한다. 그것만으로도 갈등 에너지를 줄일 수 있다.

"선생님께 상담하고 나서 부부싸움이 훨씬 줄었어요. 남편이 왜 그러는지를 알고 나니까 화가 덜 나고, 제가 화를 덜 내니까 남편도 저에게 더 잘하려고 해요. 그래서인지 요즘 두통도 줄었어요."

현재 내가 적용하고 있는 성격심리성명학에선 이런 치유와 해법이 가능하다.

아내를 지나치게 통제하는 남편의 심리는 어디에서 온 걸까?

아빠한테는 고분고분한데 엄마에게는 반항하면서 성질부리는 아이의 심리는 어디에서 온 걸까?

갈등이 끊이지 않는 부부의 심리는 어디에서 온 걸까?

배고프니 밥 달라고 하는 아이한테 무조건 "기다려" 하면, 그 아이는 얼마나 기다려야 하는지 자신이 뭘 먹게 될지에 대한 막연함과 불안이 있다. 그런데 "새우볶음밥을 해주려고 하니까 30분만 기다려줄래?" 하고 말하면 아이는 훨씬 안정적으로 그 시간을 기다릴 수 있게 된다.

인간 관계 갈등의 많은 부분이 이렇게 '왜'를 알기만 해도 해소될 때가 많다. 성격심리성명학으로 풀면 그 '왜'의 정체가 잘 보인다. 내담자가 보지 못했던, 볼 수 없었던 그 '왜'를 설명해주고 보여주는 것이 내 일이다. 상처의 본질을 직면하고서야 비로소 자신의 문제를 바로 볼 수 있게 된다. 그래야 회복 또는 치유의 시간과 만날 수 있다.

일반적으로 한글성명학은 사주 원리을 가지고 이름에 오행을 붙여서 사주처럼 통변하는 것이다. 27년 전, 두 딸의 이름을 직접 지어주고 싶어서 한글성명학을 공부할 때만 해도 음양오행의 상생·

상극 원리만 가지고 이름을 보는 성명학이 전부였다. 그러다가 딸들을 위해서는 물질을 물려주는 것보다 탄생일인 사주를 통해 아이들의 미래를 예측해 양육하는 게 자녀 성장에 더 큰 힘이 될 거라는 생각에서 사주명리학까지 섭렵하게 되었다. 내가 공부한 이론들이 얼마나 정확한지를 나와 가족들에게 적용해보았고, 20여 년 상담과 강의를 하면서 성명학 또한 인간 탐구의 철학이라는 결론에 도달했다.

작명 상담을 오는 사람들은 거의 인생사의 무게를 견디지 못하고 찾아오고, 고민과 갈등의 상당수가 인간 관계로 인한 것이다. 좋은 이름을 지어주기 위해선 각각의 사연과 히스토리를 듣는 데서 그치는 것이 아니라, 얽히고설키게 된 지점을 잘 찾아내는 혜안이 필요했다.

즉, 훌륭한 작명사가 되려면 인간의 본질과 본성을 잘 이해해야만 했다. 그래서 심리학을 공부하였고, MBTI 성격유형을 공부하여 전문강사 자격증도 취득하여 성격심리분석 영역을 확장하였다. MBTI 성격유형의 활용 및 서양의 심리상담과 사주명리학적 성격분석은 유사한 부분이 많아서 성격심리분석에 정확도를 높여준다. 그리하여 상담하러 온 이를 훨씬 더 잘 이해할 수 있으며 그들이 타인을 더 잘 이해하도록 도울 수 있다.

사주명리학의 오행을 기준으로 사람의 성격을 5가지 경향木, 火, 土, 金, 水으로 나눌 수 있고, 음양의 원리로 세분화하면 천간에서는 갑甲, 을乙, 병丙, 정丁, 무戊, 기己, 경庚, 신辛, 임壬, 계癸 10가지이며 지지로는 자子, 축丑, 인寅, 묘卯, 진辰, 사巳, 오午, 미未, 신申, 유酉, 술戌, 해亥 12가지이다. 이것을 십성으로 비견, 겁재, 식신, 상관, 편재, 정재, 편관, 정관, 편인, 정인으로 나눈다. 사람의 성장환경과 자라면서 무의식적으로 형성되는 심리와 겉으로 드러나는 성격을 분석하는 기초 원리이다.

사주명리학 오행 원리를 적용한 성격심리분석과 서양 성격유형분석의 MBTI 분석은 인간 성격 탐구에 있어서 유사성과 공통점이 많다. 내담자 상담에 이를 교차 대입하여 성격심리를 분석하면 매우 정확하고 효과적이다.

동양과 서양에서 현재 가장 대중적인 성격심리분석법을 소개하려면 책 한 권으로도 부족하지만 이 책의 이해를 돕기 위해서 간단하게 기본 원리만 소개하면 다음과 같다.

■ 동양의 관점 : 오행 원리로 본 성격분석법

1. 갑목甲木

갑목은 성격이 적극적이고 활발하며 정이 많다. 특히 대나무와 비슷해서 강직하고 자존심이 강해서 남에게 지기 싫어하고 고개를 숙이지 않는 성질을 가지고 있다. 직장생활보다 자유직종을 선호하고 연구직이나 기술직 또는 영업직이 갈등을 줄일 수 있다. 맏이로 태어나거나 맏이 역할을 할 가능성 높다.

●

2. 을목乙木

을목은 화초와 같다. 성격이 어질고 인자하며 사교에 능하다. 인물이 좋은 사람이 많으며, 여자는 애교가 많고 싹싹해서 사교를 통한 직업을 갖기가 쉬우나 개성이 강해서 남과 부딪히기 쉬울 수가 있다.

3. 병화丙火

성격이 급하고 불같아서 남을 무시하는 경향이 있지만 뒤끝은 없다. 대체로 밝고 명랑하며 적극적인 성격으로 화통하다. 불같은 성격으로 인해 남과 부딪힐 수 있으니 주의해야 한다. 화火는 예禮에 해당하여 예절이 밝은 편이다.

4. 정화丁火

예의가 바르고 겸손하다보니 소심해보일 수 있다. 내면적으로 집념과 정신력이 강하다. 정화는 불을 밝히므로 희생과 봉사정신이 뛰어나다.

5. 무토戊土

대부분 덩치가 있고 중후함이 느껴진다. 포용력으로 인해 사람들이 의지하기 쉽다. 신용을 중시 여겨 책임감과 성실함을 바탕으로 일을 진행하므로 남들과 관계가 좋다.

6. 기토己土

작은 밭을 뜻하는 기토는 신용을 중시하며 대인관계가 원만하다. 사교성이 좋고 포용력이 있어 전체적인 분위기를 중요하게 생각한다. 똑똑해서 기회가 잘 오는데 적극성이 부족해서 기회를 놓칠 수 있다.

7. 경금庚金

겉으로 볼 때는 의협심이 강하고 불의를 보면 참지 못해 욱하는 성격이다. 그런데 속을 보면 순진하고 깨끗한 성품으로 눈물이 많다. 한번 사람을 사귀면 오래 간다.

8. 신금辛金

신금은 보석 반지를 상징하여 인물이 좋고 깨끗한 이미지가 있지만, 반면 냉정하고 예의범절을 중요시한다. 약간의 결벽증이 있고 똑똑하고 자존심이 강해서 대인관계가 순조롭지 않다.

9. 임수壬水

머리가 총명하고 창의적이며 매사 진취적이다. 그릇의 모양에 구애받지 않는 물처럼 적응력이 뛰어나다. 손해보는 일은 하지 않는다. 마음이 넓고 임기응변이 좋다.

10. 계수癸水

인정이 많아 보이지만 속으론 냉정한 사람이 많다. 총명하고 영리하여 목표와 이익을 위해선 끊임없이 도전한다. 연예인, 예술가가 적성에 맞는다.

이러한 오행식 분류는 성격심리를 설명하는 데에 있어서 가장 큰 차이들을 설명해주고 있다. 예컨대 사람이 외향적인가 내향적인가 혹은 감정적인가 이성적인가에 따라 자기만의 독특한 성격을 지니게 된다는 것이다. 서양의 MBTI 성격유형에서는 그 차이를 에너지 방향, 인식기능, 판단기능, 생활양식으로 분류하여 설명하고 있다.

'MBTIMyers-Briggs Type Indicator'는 스위스의 정신과 의사 칼 구스타프 융의 '심리학적 유형론'에 근거해, 미국의 심리학자 캐서린 브릭스와 그의 딸 이자벨 브릭스 마이어스가 이해하기 쉽도록 정리하여 하나의 트렌드가 된 성격심리분석법이다. MBTI 분류에 이어 다섯 번째로 설명하는 '신경성' 이론은 미국의 심리학자 폴 코스타 주니어와 로버트 맥크레가 정리한 '성격이론personality theory 및 특성이론trait theory'인 '빅파이브이론Big Five personality traits'에서 가져온 것이다. 빅파이브이론은 사람이 얼마나 개방적인지, 성실한지, 외향적인지, 타인에게 우호적인지, 예민한지에 따라서 인간의 성격심리를 분석할 수 있다는 심리학 이론이다.

■ 서양의 관점 ; MBTI 성격유형으로 본 분석법

1. 에너지Energy 방향성

에너지 방향성이란 에너지를 어디에서 얻는지 또 그렇게 얻은 에너지를 어떤 방향으로 사용하는지에 대한 경향성이다. 외향적인 사람은 영어 단어 엑스트라벌Extravert의 앞 글자인 E를 따서 간단히 E형이라고도 하고, 내향적인 사람은 영어 단어 인트로벌Intravert의 I를 따서 I형이라고 한다. 외향적인 사람은 행동하고 나서 생각하는 경향이 있으며 사교적이어서 주변 친구나 대인관계를 통해 에너지를 충전한다. 그룹이나 팀을 결성, 그 안에서 결속력을 다지고 리더십을 발휘하는 경향이 강하다. 반면 내향적인 사람은 외부에 민감하게 과잉반응하는 성향이 있다. 관심 분야가 비슷한 소수의 사람들과 밀접한 관계를 유지하며 조용한 걸 선호한다. 자기 생각을 먼저 표명하지 않고 주변 상황을 살핀 후에 결정한다. 어떤 성향이 더 좋다는 흑백논리보다 상황에 따라 어떤 경향성이 더 유리하고 불리하고가 있다. 사람들은 어느 한쪽을 더 선호하는 경향이 있다.

2. 인식기능Information 경향성

정보를 어떻게 지각하는지에 대한 경향성이다. 직관으로 지각하는 직관형INtuition과 오감으로 지각하는 감각형Sensing이 있으며 직관형은 N형, 감각형은 S형이라고 한다. 직관형은 머리 회전이 빠르고 감정 전달이 즉흥적이다. 예지능력이 발달하여 미래, 현재, 과거를 전체적으로 살펴보며, 과거보다는 미래의 가능성을 더 중요시 여겨 변화를 시도한다. 상상력이 뛰어나고 창의적이다. 변화와 혁신을 주도하며 비판적 성향도 있다. 감각형은 현장에서의 정보와 직접 경험한 정보를 통해 분석한다. 실용성을 추구하기에 미래보다는 과거의 전통적인 가치를 중요시 여기며 완수하는 데 더 가치를 둔다. 이런 차이 때문에 직관형인 사람과 감각형인 사람의 대화는 잘 맞지 않는다.

3. 판단기능Decision Making 경향성

의사 결정의 경향성으로, Thinking과 Feeling의 앞글자를 따서 사고형은 T형, 감정형은 F형이라고 한다. 사고형은 객관적인 것에 가깝고 감정형은 주관적인 것에 가깝다. 사고형은 절제된 언어와 행동을 하며 원리원칙이 중요하기에 상황을 논리적으로 분석한다. 상대의 감정에 상처를 주더라도 상황에 따라 과감하게 판단하고 실행하는 경향이 있다. 민첩한 대처 능력이 있어 효율성과 능력 그리고 목표 달성을 우선시한다. 반면에 감정형은 의사 결정을 할 때 다른 사람들의 의견을 잘 수용하고 공감능력이 뛰어나다. 사람들과의 관계를 목표 달성보다 우선시한다. 주관적 가치가 중요하고 감성적이다. 두 유형이 함께 있으면 서로의 관점이 현저히 다르므로 자주 충돌할 수 있다.

4. 생활양식Life Style 경향성

라이프스타일에 대한 경향성으로서 판단형Judging인 J형과 인식형 Perceiving인 P형이 있다. 판단형은 조성되어 있는 환경에서 더 적응을 잘하며 분명한 목적의식과 방향성을 가지고 행동하는 걸 선호한다. 미리 준비하고 계획을 세우며 빨리 결정한다. 자기 일뿐 아니라 타인의 일까지 처리하고 해결해주려는 경향이 있다. 약속 시간을 엄수하고 상대에게도 그걸 요구한다. 반면에 인식형은 정해진 절차보다는 새로운 것에 유연하고 개방적이기에 준비와 계획보다 일단 시작부터 한다. 절차와 목적과 방향은 바뀔 수 있다고 생각하므로 문제가 생기면 그때 정보를 수집하고, 마지막 순간에 집중해서 끝낸다. 타인의 이야기를 잘 들어주긴 하지만 뭘 해야 할지를 결정해주지는 않는다. 상대가 결정해달라고 요구할 때에도 최고의 답이라는 확신이 들 때까지 판단을 보류한다. 어떤 약속에 대해 상대가 취소할 경우 기분좋게 수용하는 경향이 있다.

앞의 4가지 성격 지표가 상호작용하여 16가지 유형의 특징을 갖는다. 사람들은 저마다 다르지만 어떤 공통된 특징에 따라 묶을 수 있다는 기본 전제를 가지고, 사람들을 4가지 척도에 근거하여 16가지 성격유형으로 분류한 것이다. 이 척도를 통해 사람들의 다양한 행동이 우연에 의한 것이 아니라, 몇 가지 기본적인 경향 차이에서 비롯된 것임을 알 수 있다. 명리학의 십성에 근거를 둔 성격심리성 명학을 알면 MBTI의 이러한 분류도 쉽게 이해된다.

●

5. 신경성에 대한 경향성

최신의 성격심리학 이론인 '빅파이브이론'에서는, MBTI 이론의 4 가지 경향성 외에 신경성이란 경향성 하나를 더 추가하여 성격심리 분석 이론의 완성도를 높였다. 말 그대로 얼마나 신경증적 반응을 보이는지에 대한 경향성을 말한다. 격변형Turbulent인 T형과 자기확신형Assertive인 A형이 있다. 신경성이 높은 격변형은 성격이 내향적이며 말수가 적고 사물에 대한 태도에 있어서 호불호가 분명하여 편향적이다. 비현실적이며 신경이 예민하고 염세주의적 성향으로 현실감각을 잃을 우려가 있다. 걱정이 많고 스트레스를 잘 받아 마음의 상처를 잘 받으며 불면증, 초조감, 히스테리, 우울증 등 신경과민증이 많이 나타난다. 자의식이 높아서 스스로 괴롭히는 유형이라 할 수 있다. 반면에 신경성이 낮은 자기확신형은 평소에 부정적인 정서를 잘 느끼지 못하고 비판에도 크게 상처받지 않아서 비교적 삶의 만족도가 높다.

앞의 성격심리분석에는 많은 임상경험에서 오는 섬세한 분석과 판단이 요구된다. 이론으로 아는 것과 그걸 활용하는 능력은 별개이다. 이 심리분석법은 사주의 오행설과 관련이 있으며, 그 사람의 이름에 담긴 기질과 에너지를 정확하게 분석하는 성격심리성명학은 MBTI의 성격유형을 이해하는 데에도 도움을 줄 수 있다고 본다.

요즘은 처음 만나면 "MBTI가 뭐에요?" 하고 물을 정도로 'MBTI

열풍'이다. 이런 궁금증은 상대에 대한 호기심을 넘어 '당신에 대해 내가 잘 알아서 이해하겠다'라고 하는 소통의 자세이기도 하다. 즉, 누군가에 대한 MBTI의 관심은 그 사람에 대한 관심이다. 상대에게 관심이 없으면 이름조차 묻지 않는 것과 같다. 관심이 있어야 MBTI도 묻게 된다. 이런 MBTI 열풍을 지적하는 여론도 있지만 MBTI의 효용성을 긍정적으로 바라보는 시각도 적지 않다.

온라인 상에서 무료사주풀이나 무료이름풀이가 가능한 것처럼 MBTI도 무료검사가 가능하다. 그러나 이런 경로들의 타당성과 신뢰도는 검증되지 않았기에 그 검사 결과를 가지고 단순히 자신의 유형으로 확신하는 것에는 무리가 있다. MBTI 성격유형검사는 '완벽한' 심리도구라기보다 '유용한' 심리도구로 활용하는 게 적당하다. MBTI는 개인의 심리적 고유성만을 측정하기 때문에 평가나 진단의 요소가 전혀 없으며 MBTI는 '진단성 검사'가 아니기에 IQ, 도덕성, 우울증, 불안장애, 정신장애, ADHD, 스트레스, 심하면 자살충동 등 같이 진단이 필요한 요소들은 측정이 불가능하다. 따라서 그런 이해와 오류를 피하기 위해서 MBTI 검사 자체보다는 '전문적인 해석'이 훨씬 더 중요하다.

최근에 인하대 법학전문대학원 성희활 교수는 한 신문에 'MBTI를 위한 변론'이라는 칼럼에서 이렇게 말하였다.

수많은 사람의 내성적 관찰과 경험칙에 따라 당사자들이 충분히

●

동의할 만한 수준의 유의미한 결과를 내놓는 MBTI를 혈액형, 점성술, 사주와 같은 유사 과학으로 치부하는 것은 과도한 비판이다.

(생략)

MBTI의 기본 원칙은 사람의 성격이 참 다양하고, 16개 유형은 우열의 차이가 없으며, 모든 사람은 다 훌륭하고 좋은 면을 가졌다는 것이다. 이는 타인에 대한 이해를 넓히고 상호 간 관용적이게 하는 측면이 더 많아 결코 두 마리 개에 속절없이 끌려다니지는 않게 할 것이다. 타인에 대한 이해의 폭을 넓히는 기능 말고도 MBTI에는 아주 큰 장점이 있다. 바로 이상적 자아상 확립과 자기실현적 예언 기능으로서 자아 완성에 도움이 된다는 뜻이다.

(생략)

우리 자아상은 고정된 것이 아니라 끊임없이 변하는 것이며, 이상적 자아는 발견되는 것이 아니라 만들어 가는 것이라고 본다. 이런 관점에서 다양한 인간 유형별 장단점을 제시해 스스로 탁월한 점은 더욱 키워나가고 부족한 점은 반성적 성찰을 통해 개선하도록 하는 MBTI는 억압할 것이 아니라 장려할 만하다.

윤규혜 성격심리성명학 교육에서 MBTI 분석법을 다루는 것도 이런 긍정적 지점을 간과할 수 없어서이다. MBTI는 이론적 완벽함이 아니라 타 학문에 비해 실용적 효과성이 부각되는 것이다. 성명학이든 명리학이든 MBTI이든, 모든 학문은 이론적 완벽성이 있더라도 상담을 받는 사람들이 실용적 효과성이 기대에 미치지 못한다면 그 학문은 사라지게 된다. 즉 전문성을 바탕으로 올바른 적용이 이루어질 때 제대로 된 효과를 볼 수 있다.

따라서 성격심리성명학을 배우면 MBTI 성격유형을 쉽게 이해하고 실용성이 높아진다. 오랜 전통의 성명학이 계속 진화하는 학문이 될 수 있었던 배경에는, MBTI를 비롯한 다양한 현대의 분석 기제들이 포함, 응용되고 있어서이다. 예비 작명가뿐만 아니라 심리 상담을 업으로 하는 분들까지 윤규혜 성격심리성명학을 배우는 이유이기도 하다.

●

1세대 성격심리성명학자로 산다는 것

한국조세재정연구원에서는 2023년도에 전국 17개 시도에 거주하는 25~64세 남녀 2,400명을 대상으로 한국인 납세 의식에 관한 전화 설문조사를 하였다. '근무하는 회사가 탈세한 사실을 알았을 때 어떻게 하겠는가?'에 대한 질문에서 '회사에 해가 되므로 국세청에 알리지 않겠다'는 응답은 23.9%였고, 76.1%는 '범죄 행위이므로 어떤 식으로든 신고하겠다'고 답했다. 젊은 층일수록 신고하겠다는 응답이 많았다.

자기가 다니는 회사라도 범죄 행위이니 신고하겠다는 사람이 76.1%나 되었다는 결과에 우리 사회의 미래가 아직은 희망적이란 생각을 했다. 자기 조직의 치부를 외부에 알리는 건 쉽지 않은 일이다. '고발'이라는 뼈아픈 과정을 거치지 않는 한 '개선'될 가능성이 없다는 확신이 들었을 때의 고발은 그래서 지지받는다. 사회 전체를 위해 '모두에게 옳은 일'을 선택하는 것이 정의이자 공익이다.

이러한 '내부고발자'를 영어권에서는 휘슬블로어Whistle Blower라고 부르는데, 경찰이 호루라기를 불어 동료의 비리나 부정부패를 알린다는 의미에서 만들어진 말이다. 내부자가 아니면 좀처럼 알 수 없는 비리를 알게 되었을 때, 자신이 입을 다물면 그 비리가 묻히고 나아가 그 일이 계속될 수 있을 때 대부분 갈등하게 된다. 조직 내에서 살아남기 위해 누군가는 침묵할 것이고, 누군가는 비리를 바로잡으려고 조직 내에서 싸울 것이고, 누군가는 자신의 힘으론 한계를 느끼고 세상에 알린다. 그래서 내부고발은 '양심선언'이란 옷을 입기도 한다.

어쨌든 내부고발은 당장은 조직의 이미지를 훼손한다. 비리와 부패가 사라지면 분명 더 좋은 조직으로 거듭날 것이 명약관화하다는 걸 알지만, 내부고발로 인해 사회적 질타를 받는다는 점에서 조직 내 사람들은 '수모'를 받는다. 그래서 내부고발자는 사회로부터는 지지받지만, 내부에서는 배신자의 낙인이 찍힌다.

조직의 비리가 드러나고 나면 쇄신을 위해서 많은 부분이 바뀌고 그 과정에서 출혈을 피할 수 없다. 내부고발은, 자정 능력이 없는 곳에서 할 수 있는 최선의 선택이다. 그대로 두면 안 된다는 절박함과 양심이 '타협'과 '침묵'을 이긴 결과이다. 살면서 우리는 이런 갈등을 겪어왔다. 사실대로 밝혀야 할까, 모른 척해야 할까. 틀렸으니 바로잡자고 싸워야 할까, 나한테도 피해가 올 수 있으니 맞는다고 동의해야 할까.

앞에서와 비슷한 물음을 성명학계 종사자들께 던지고 싶다.

성명학계의 발전을 저해하는 권모술수가 오랫동안 자행됐는데 당신은 어떻게 하겠습니까?

●

1. 성명학계에 대한 불신이 생길 수 있으니 모른 척한다.
2. 성명학계의 더 큰 발전을 위해 문제를 불식시킨다.

이 물음을 공개적으로 던지기 전, 수년 동안 같은 물음을 얼마나 많이 나에게 하였는지 모른다. 그리고 나는 매번 같은 결론에 도달하였다. 내가 이 책을 내는 건, 그대로 두면 안 된다는 절박함과 양심이 '타협'과 '침묵'을 이긴 결과이다. 언젠가는 나아지겠지, 알아서들 자정해가겠지 하는 믿음이 있었기에 수년을 묵묵히 기다렸다. 하지만 아무도, 아무것도 달라지지 않았다.

이런 이야기를 써야 한다는 게 고통스럽다. 그런데도 이 페이지에서 나는 목청을 높일 수밖에 없다. 이 책이 출판되고 난 뒤, 나 역시 성명학계 어떤 부류에선 눈엣가시가 되거나 비난받을 수 있다는 걸 안다. 그 사람들에게 반문하고 싶다.

나는 당신들이 '잘못된' 작명에서 벗어날 충분한 시간과 기회를 주었습니다. 그런데 당신들은 실력을 바로잡기는커녕 사람들을 계속 호도했습니다. 당신들의 작명, 정말 문제없습니까? 그리고 당신들이 공장에서 빵 찍어내듯 배출하는 상담사들 또는 작명사들, 정말 문제없습니까?

여기에 자신 있게 대답할 수 있는 작명사가 많지 않은 게 현실이다. 한글성명학의 역사는 그리 길지 않다. 한글성명학을 심리상담 도구로 활용하는 성격심리한글성명학은 내가 개척해서 여기까지 왔다. 그러다보니 남다른 사명감이 있다. 한글성명학을 학문적으로 체계화하고 이론 정립을 위해 늦은 나이에 박사 과정까지 밟고 있다.

이 책에서 누누이 강조하였지만 '이름'에 대한 패러다임이 바뀌었다. 시간이 갈수록 작명은 하나의 문화 또는 트렌드로 자리잡을 것이다. 한글성명학의 위상이 어떻게 달라질지는 상상 그 이상이라고 본다. 그러나 그런 영광은 거저 오지 않는다. 작명이 무의미하다고 알려지고, 작명의 효과에 대해 모두 고개를 젓는 날이 온다면 '작명 전성기'는 절대 오지 않는다.

작명의 효과란, '작명을 제대로 했을 때'라는 전제가 따른다. 쌀과 물의 비율이 맞지 않으면 된밥이나 진밥, 설익은 밥이 된다. 밥도 제대로 할 줄 모르면서 대표 맛집이라고 광고한다면 사기라고 손가락질을 받는다. 그런데 작명은 설익은 밥처럼 바로 표시 나는 게 아니다. 실력 있는 작명사가 감별해내지 않는 한 "최고의 이름입니다" 하면 그런 줄 알고 사용하는 거다.

그래서일까? 이 세계의 자정 능력이 사라지고 있다. 안하무인의 칼춤을 추면서 사람들을 해치고 있다. 논리싸움으로는 이길 수 없으니 물리력을 동원하고, 억지 소송으로 괴롭히고, 헛소문을 퍼뜨린다. 시장판에서는 목소리 큰 사람이 무조건 이긴다고 했던가. 미

●

친 칼춤에 맞서느니 사람들이 외면하는 건데 사람들이 겁먹었다고 착각하고 칼춤을 멈추지 않는 것도 보았다.

성명학계는 지금 참으로 안타까운 현실에 직면해 있다. 이제 조직 내에서만 혀를 차고 있을 일이 아니다. 작명을 제대로 할 줄 아는 작명사들은 매우 적다는 이 준엄한 사실을 알아야 한다. 왜 이런 사태가 벌어졌는지에 대해 다 같이 생각해봐야 한다.

"작명은 그 사람의 운명을 바꿔줍니다"라고 주장하는 작명사가 20시간 내외 수업료와 적지 않은 협회비만 내면 그럴듯한 직함과 함께 상담사 자격증을 내준다. 사람의 운명을 좌지우지할 정도의 영향력이 이름에 있다고 말하는 사람이 작명사도 아닌 상담사 자격증을 주면서 작명사업을 하라고 유도한다. 작명의 의미는 강조하면서 작명사 배출 과정은 중요하게 생각하지 않는 이 모순을 어떻게 받아들여야 할까? 그리고 사주명리학 교육을 가르치지 않은 채 비용만 더 내면 작명사 자격증을 내주는 이도 있다.

신을 진짜 믿는 사람들은 함부로 죄를 짓지 않는다. 신이 두렵고 무서워서 죄악을 경계한다. 신이 다 보고 있다고 생각해서이다. 그런데 간혹 추악한 범죄를 저지른 성직자들이 뉴스에 오르내린다. "죄를 지으면 구원받지 못합니다. 지옥불에 떨어집니다"라고 설교하던 이들이다. 신의 이름을 앞세우며 "하나님이 나를 보냈습니다. 그러니 내가 그분입니다" 하는 망언도 서슴지 않는다. 세상은 이런 사람들을 가리켜 사이비 교주 또는 사기꾼이라고 부른다.

●

성명학계에도 문제가 많다. 더 많은 돈을 벌기 위해 상담사 자격증을 남발하는 역술인 선생들과 작명 선생들. 본인의 얕은 지식을 감추기 위해 포장만 그럴듯한 책을 출간하고, 그 책을 보고 작명사가 되려고 찾아온 이들을 앉혀놓고 "탄생일인 사주를 볼 줄 몰라도 작명에 문제없습니다" "사주명리학 안 배워도 됩니다"라고 말하면서, 지속적인 나의 문제 제기에 "사람들한테 작명에 사주를 꼭 알아야 한다는 얘기 좀 그만 하세요" "블로그와 유튜브에 탄생일인 사주 안 보고 작명하는 건 잘못된 것이다. 이런 것 좀 올리지 마세요" 하면서 나를 괴롭히던 사람들이 요즘은 내담자들에게 "작명할 때 사주도 같이 봅니다"라며 사실과 다른 말을 하고 있다.

사람마다 탄생일인 사주가 다를진대 그 사주를 보지 않고 작명을 한다면 이렇게 당사자에게 꼭 맞는 이름을 줄 수 있겠는가. 이름을 기성복 고르듯이 골라준다면 '맞춤복'을 기대하고 찾아오는 사람들을 속이는 것이다. 심지어 작명에 대해 상식을 갖고 있는 사람이 "탄생일인 사주도 같이 보고 작명하시는 거죠?" 하고 물으면 "물론이죠" 하고 대답한다. 탄생일인 사주를 볼 줄 모르는 사람이 탄생일인 사주를 어떻게 반영해 이름을 짓겠는가?

이름이 그 사람의 옷이라고 한다면, 그 옷을 재단하기 위해서는 기준이 있어야 한다. 백화점에 가면 다양한 사이즈의 기성복이 있다. 거기서 대충 옷을 골라 입을 수도 있다. 그것이 탄생일인 사주를 보지 않고 선천운이면서 조상에게 부여받은 성姓에 맞추어서 이름을 상생과 상극으로 짓는 것이다. 사람마다 사이즈가 다 다르고, 취향도 다르고, 원하는 기능성도 다르다. 설혹 사이즈가 같다고 쳐도 용도에 따라 옷은 달라져야 한다.

100 사이즈 옷을 입는 사람이 있다고 치자. 골프를 치러 가는 사람에게 100 사이즈 요가복을 입혀놓고 "사이즈 맞죠?" 하고 우긴다면, 골프장에 가서 골프를 제대로 칠 수 있을까? 옷을 사 입은 효과를 볼 수 있을까? 망신을 당하고 말 것이다.

작명사를 찾아가는 것도 이름 효과를 기대해서이다. 자신에게 딱 맞는, 자신만을 위한 이름을 지어달라는 것이다. 탄생일인 사주에 들어 있는 선천운에서 나쁜 기운을 피하고 좋은 기운을 불러오는 이름, 탄생일인 사주를 보완해주는 이름을 원하는 것이다. 이름이 같다고 해서 모두에게 같은 효과를 주는 게 아니다. A에게는 좋은 이름일 수 있지만, B에게는 나쁜 이름일 수 있다. 그 정밀도는 내담자의 탄생일인 사주에서 나온다. 탄생일인 사주가 가져다주는 공식을 알아야 이름의 법칙이 완성된다. 그 공식과 원칙을 무시한 작명에서 '좋은 이름'은 도출되지 못한다.

스스로 최고라고 자부하는 작명 선생에게, 작명 기준이 무엇인지 물어본 적이 있었다. 그는 주저 없이 '사운드sound'라고 말하였다. 사운드는 소리, 물체의 진동으로 생기는 음이기도 하다. 당연히 이름의 소리도 중요하지만 그게 전부여서는 안 된다. 시장에서 아무 옷이나 구매 후 '맞춤옷'이라고 주장하는 것처럼 어불성설이다. 그런데 작명이라고 하는 것은 소비자는 구별할 수 없다. 제품 사용자가 진위를 알지 못하는 것과 같다. 이것이 작명의 딜레마이다. 실력을 향상하는 것으로 경쟁력을 키우지 않고 목소리 큰 사람이 이기는 시장판처럼 된 원인이다.

이 세계에서 연륜이 깊어질수록 한숨이 는 이유이다. 성명학계를 이대로 두면 실력 없는 작명사들이 판을 쳐서 결국 작명사들의 위상이 곤두박질칠 날이 올 게 뻔하다. 맞춤옷 가게에 맞춤옷이 사라지고 기성복으로 채워진다면 누가 맞춤옷 가게를 찾겠는가. 인터넷이 발달하고 인공지능시대가 열렸다. 인터넷 작명 사이트에서 몇 가지 키워드만 집어넣으면 새 이름이 뚝딱 나오는 세상이다. 이렇게 간편한 인터넷 작명을 뒤로 한 채 작명사들 앞으로 끌어모으려면 '적당히'로는 안 된다. 흠잡을 데 없이 정말 좋은 이름으로 승부를 봐야 한다.

대학원에서 석사 논문을 쓰려고 참고서적을 찾다가 충격을 받은 일이 있다. 사주와 한글 이름의 연계성에 대해서 실제 이름을 비교하며 쓴 책이나 논문이 한 권도 없었기 때문이다. 그때 내가 쓴 논문이 「사주를 바탕으로 한 한글성명학의 운용연구」였다. 앞으로도 이 주제에 관한 연구를 심화해갈 생각이다. 박사 과정을 마치면 지금까지 해왔던 것처럼 한글성명학의 이론 정립과 후배 양성에 힘을 쏟을 예정이다.

이 글을 보면서 못마땅한 이들도 있겠지만 많은 이들이 나와 뜻

●

을 같이하며 응원해줄 거라고 확신한다. 어느 세계 어느 분야이든 명암이 공존한다. 성명학계도 다르지 않다. 자신들의 치부를 감추고 밥그릇 싸움에만 골몰한 이들이 있는가 하면, 지금 자정하지 않으면 머지않아 사이비 작명사들에 의해 도태되고 말 거라며 우려를 표하는 이들도 있다. 곪은 상처는 도려내야 한다. 곪은 부위가 커지고 있는데 그 위에 일회용 밴드를 덧대고 있는 건 공멸하자는 거나 다름없다.

모두가 알고 있는 링컨의 이 말을 안 할 수가 없다.

모든 사람을 얼마 동안 속일 수는 있다. 또 몇 사람을 영원히 속일 수도 있다. 그러나 모든 사람을 영원히 속일 수는 없다.

이 글을 쓰면서 굳이 사주에 '탄생일인 사주'라는 단서를 붙인 이유는, 탄생일인 사주팔자를 무시한 채 성姓을 사주라고 하면서 작명하는 이들과 확연한 구분을 짓기 위해서이다. 이 책을 보는 여타의 작명사들은 내 심정을 헤아려주기 바란다. 같이 죽지 말고, 같이 살자는 말을 하는 것이다.

나는 이 책을 통해 성명학계에 파란이 일기를 바란다. 과연 올바른 작명이란 무엇인가에 관한 논쟁이 벌어지기를 바란다. 20여 시간의 단기 교육을 받고 작명사가 되는 게 왜 위험한지에 대해 생각해보는 사람들이 많아지기를 바란다. '좋은 이름'을 짓기 위한 작명

157

조건은 무엇인지 작명사들끼리 담론의 시간을 갖기를 바란다. 사주를 반영해서 작명한다고 말만 할 뿐, 탄생일인 사주를 풀어볼 줄도 모르면서 작명하는 사람들을 왜 사이비라고 지칭하는지 나에게 따지기를 바란다.

나는 세상이 달라지기를 고대한다. 더 좋은 방향으로, 모두에게 나은 방향으로.

1세대 성격심리성명학자로서 우리 성명학계도 달라지기를 바란다. 더 좋은 방향으로, 모두에게 나은 방향으로.

심리상담도구로서의 성격심리성명학

선생님, 날마다 폭염인데 어찌 지내시는지요? 몇 년 전에 처음 이일을 시작한 이후, 고객을 대할 때마다 늘 아쉬운 게 있었습니다. 고객의 심리분석에 어려움이 많다보니, 설명을 많이 해주고 싶어도 얼버무릴 때가 많았기 때문이죠. 그러던 차에 유튜브에서 우연히 선생님이 올리신 동영상을 본 뒤 선생님 수업을 들어보고 싶다는 생각을하게 되었지요. 선생님께 공부하길 잘했단 생각이 듭니다. 고객의 성격심리분석이 훨씬 쉬워졌고 대화도 잘 됩니다. 고객들 만족도가 올라가니 수입도 당연히 더 좋아졌고요. 선생님께 조언도 구할 겸 가까운 날 한번 찾아뵙겠습니다.

타로 상담을 업으로 하는 40대 초반의 여성에게 받은 문자 메시지이다. 젊고 세련된 감각을 지녀서 20~30대 고객이 많은 분이었다. 고객이 주로 젊은 세대들이다보니 연애, 결혼, 취업 등의 화두가 많은데, 심층적인 대화로까지 이어가지 못하는 한계가 있었다. 내 수업이 크게는 개인의 탄생일인 사주와 성명을 가지고 푸는 성명학이긴 하지만, 그 과정에서 한 개인의 성격과 심리를 얽히고설킨 실타래를 풀어가듯 치밀하게 분석해가는 작업이다보니 자신의 한계를 보완하고자 수업을 들었었다. 처음엔 명리학 온라인 수업을 들었는데 "강의를 쉽게 설명해주셔서 이해하기 좋고 제 일에도 많은 도움이 됩니다. 다른 강좌도 추천해주세요" 하여서, 성격심리성명학을 권했던 것이다.

살다보면, 누군가의 성격과 심리를 이해하지 못해서 일이 꼬이는가 하면 반대로 상대를 잘 이해해줌으로써 복잡했던 문제가 수월하게 풀릴 때도 있다. 인간 성격심리와 내면을 깊숙이 들여다보고 성찰하는 내 수업의 특성 때문인지 작명사가 되려는 분들 외에도 타로상담가 또는 심리상담사 등 상담업 종사자, 보험설계사, 컨설턴트, 교사, 강사 등 다양한 직업군에서 성격심리성명학을 배워 활용하고 있다.

정신분석학자인 프로이트는 "정신분석학자는 발굴 작업을 수행하고 있는 고고학자처럼 가장 깊숙이 감추어진 값진 보물을 찾을 때까지 환자의 정신을 한층 한층 벗겨가야 한다"라고 말하였는데, 성격심리성명학의 분석법이 바로 그러하다. 사주 원리를 접목한 이름 분석법으로 내담자의 성격과 심리를 파악하고 상담을 나누었을 때, 내담자 대부분이 심리상담을 받고 가는 것 같다고 한다. 그 이유는, 당사자들의 이름에서 찾아낸 성격과 심리의 문제를 찾아내 설명해주는 과정을 통해 치유도 가능해지기 때문이다.

동양의 성격학인 성격심리성명학을 활용하면 값진 보물을 찾기 위해서 내담자를 양파 껍질 벗기듯이 하나씩 하나씩 벗길 필요가

●

없다. 그리고 이름으로 자신과 타인을 비로소 제대로 바라볼 수 있게 됨으로써 '오해가 아닌 이해'와 '불통이 아닌 소통'이 가능해지는 것이다.

신경정신과 의사 양창순은 그의 저서『명리심리학』에서, 내담자의 탄생일인 사주를 알고 상담에 들어가면 굉장히 반응이 좋다고 하였다. 그만큼 사주명리학은 한 개인의 성향과 성격을 분석하는 데에 있어서 매우 정교하다. 한글성명학의 분석도 사주풀이의 분석법과 다르지 않지만 이름풀이에서 그것만으론 한계가 있다. 성명을 풀 때 성명학분석법과 사주풀이, 거기에서 더 나아가 나의 성격심리성명학을 대입하게 되면 씨실과 날실을 하나하나 분류해내는 것과 같은 섬세한 분석을 할 수 있다.

그런 점에서 양창순 의사와 같은 분이 명리학 공부를 해서 상담에 활용한다는 점을 높이 사고 싶다. 공황장애, 우울증, 불안장애 등 마음의 병을 앓는 사람들과 자살하는 사람이 점점 증가하고 있다. 이런 분들에게 성격심리성명학 원리를 활용한다면 원인을 파악하고 예방 또는 치유하는 데에 큰 도움이 되리라 본다.

지금은 경쟁사회이자 불확실성의 시대이다. 연령과 성별을 막론하고 모든 사람이 제각각 고민과 갈등을 겪고 있다 해도 과언이 아니다. 경쟁에서 살아남아야 한다는 강박에서 자유로운 사람이 몇이나 있을까. 그러다 보니 우리나라 자살률은 OECD 국가 중 1위일 정도로 높다. 국가 지원을 비롯한 여러 전화 심리상담센터 '자살

예방상담전화 1393', '청소년전화 1388', '정신건강상담전화 1577-
0199', '한국생명의전화 1588-9191', 청소년사이버상담센터' 등등이
운영되고 있다. 각 센터에서 다수의 상담원이 전화통화를 통해 발
신자의 고민을 들어주고 문제 해결을 위해 애쓰는 것으로 알고 있
다.

물론 그에 맞는 적절한 교육을 받았겠지만, 전화를 걸어오는 이
들의 생사를 오가는 절박함을 근본적으로 해소하기 위해 성격심리
성명학적인 분석이 동반한다면 훨씬 순조로워질 것이다. 사실 단
기간의 교육과 이론을 통해 현장에 투입된다면 지식과 정보를 전달
하는 것에는 충실할지 몰라도 '문제를 끌어안고 있는' 당사자에게는
만족스럽지 않을 가능성이 크다.

프랑스 철학자 데카르트는 '인간의 마음과 신체는 본질적으로 다
르지만 서로 상호작용한다,는 이원론적 상호작용론을 주장하였으
며, 오스트리아의 의사 알프레드 아들러는 '어떠한 행동이든 행동을
하는 원인은 마음속 깊은 곳에 그러고자 하는 심리가 있기 때문이
다'라고 언급하였다. 그것이 바로 프로이트가 말한 무의식이다.

현대 성격심리학에 가장 많은 영향을 끼친 프로이트는 감추어진
무의식의 중요성을 강조한 정신분석학자로서, 무의식이야말로 우
리의 행동을 우리가 모르는 사이에 조정할 수도 있다고 했다. 프로
이트는, 무의식은 본능에 의해 지배되며 모든 행동의 배후에서 작
동하는 주요한 추진력으로 우리의 소망과 욕망이 자리잡고 있는 곳

이라고 하였다.

그런 점에서 무의식은 정신의 가장 깊은 수준에서 작동되는 것으로 우리가 자각하지 못하는 경험과 기억으로 구성되는데, 동양의 성격학으로 볼 때 내가 태어나기 전부터 부모의 성장환경이 나에게 미치는 '잠재된 무의식'과 연결해볼 수 있다. 그런 무의식 환경을 분석하고 한계를 해결해주고자 하는 것이 성격심리성명학이다.

예를 들어 부모가 군인 또는 경찰의 직업을 가진 경우, 보수적이고 엄한 가정교육을 받아서 부모와 유사한 직업을 갖거나 다른 직업이라도 검소하고 성실한 모습을 보이는 등 부모의 직업적 특성을 갖는다. 그런 면에서 부모는 자기감정과 훈육방법이 옳을 수도 있고 옳지 않을 수도 있기에 자녀에게 강요하면 안 된다.

현재의 성격심리성명학으로 발전할 수 있었던 건, 사주명리학이 수많은 사례를 연구하여 얻어낸 인간탐구학으로서 인간에 관한 모든 핵심적인 정보를 담고 있어서이다. 왜 자살을 하려고 했을까? 왜 불안심리가 생겼을까? 왜 학창시절에 왕따를 당했을까? 왜 왕따를 시켰을까? 왜 살인을 하게 되었을까? 사주명리학적인 관점과 해석은 이 문제들의 답을 쥐고 있다.

그동안 성명학이란 대주제로 많은 이들과 만났다. 그러면서 그분들과 가족의 내면을 끌어내주고 각각의 문제점과 원인을 찾아 심리상담 치료를 하게 되었을 때, 내담자의 인생 자체가 근본적으로 변화되는 것을 경험하면서 성격심리성명학의 선한 영향력에 자부심을 갖게 되었다. 앞으로 더 많은 분이 내가 알고 있는 것들을 배워 갔으면 좋겠다. 더 많은 이들이 삶이 달라지는 긍정적인 변화를 경험했으면 좋겠다. 그런 점에서 다양한 분야에서 활동하는 심리상담자들이 심리도구의 방편으로 성격심리성명학을 배워서 활용하기 바란다. 해당 영역에서 새로운 전환점을 맞게 될 거라고 확신한다.

성명학 수업이 대부분 음양오행의 기본적인 십성 설명 정도로만 교육이 이루어지는 경우가 많다. 동양의 성격학인 십성으로 분류된 성격유형의 기초 정보만으로도 도움이 되긴 하겠지만 그것만으로는 성격과 심리의 문제점에 깊숙이 들어갈 수 없다. 사주명리학을 공부하지 않고서 작명업을 양성하거나 교육자 흉내를 내다보면 자칫 누군가에게 큰 상처를 줄 수 있음을 간과하면 안 된다.

사람의 성격과 심리, 성향, 가치관을 잘 이해할 수 있게 되면 생활 전반에서 큰 도움이 된다. 내가 이 공부를 하지 않았더라면 아이들의 성격과 심리 그리고 자녀들의 진로 선택에 있어서 끝까지 기다려주는 인내심을 갖지 못했을지도 모르겠다. 그리고 한글성명학을 성격심리성명학으로 발전시키지도 못했을 것이다. 내가 지금 이 자리까지 있게 된 것은 성격심리성명학을 교육하고 상담하면서 들은 이런 말들 덕분이었다.

"심리상담받은 것 같아요!"

"어떻게 본 적도 없는 내 아이들의 성격과 심리 그리고 가족 관계를 쭉 지켜본 것처럼 다 아시죠?"

●

"정신과 약까지 먹을 정도로 힘들었는데 선생님한테 치유하고 가는 것 같아요."

나는 성명학자이며 명리학을 공부한 사람이지만 내 지식과 정보가 작명학에 한정되지 않고 다른 직종에서 종사하는 분들에게도 연계해 활용되고 있음에 자부심을 느낀다. 성격심리성명학은 어려운 학문이 아니라 자신과 타인의 본성을 발견하고 이해하는 데에 매우 적합한 학문인 만큼 앞으로도 많은 분이 이 공부를 하여 '서로를 깊이 이해하며 함께 살아가는 지혜'를 터득하였으면 좋겠다. 성격심리성명학은 인간 탐구에 초점을 둔 학문이므로 인간을 이해하고 성찰하는 데에 더할 나위 없이 좋은 학문이다.

미국의 심리학자인 헨리 알렉산더 머레이는 많은 이들로부터 수집한 자료를 과학적으로 분석하여 인간의 성격이 삶에 미치는 영향을 연구, 확립하였으며 그 연구를 집대성한 저서 『성격 탐색 Explorations in Personality』을 출간하였다. 그는 이 책에서 '성격의 역사가 바로 그 사람의 성격이다'라고 하면서, 한 개인의 성격은 다른 사람들과 유사한 동시에 그들과 전혀 똑같지 않다고 하였다. 즉, 개인의 성격은 다른 모든 이들과 닮아 있으면서도 전혀 다른 각각의 고유성을 지닌다고 보았다. 심리상담가들이 성격심리학 공부를 멈추면 안 되는 이유이며, '윤규혜 성격심리성명학'과 같은 새로운 유형의 성격심리학에 관심을 가져야 하는 이유이다.

한글성명학을 성격심리한글성명학으로 가르쳐온 지 20년이 넘었다. 처음에는 작명법의 일환으로 강의하였지만 지금은 인간 내면과 성격심리분석이 필요한 다양한 계층을 위한 수업으로 확장하였다. 삶이란 결국 사람 관계의 긴 여정이다. 산다는 일은 '사람을 읽어내는 일'의 기록과 같은 것이다. 삶이 고단하다는 것은, 내가 나를 잘 읽어내지 못하고 타인을 잘 읽어내지 못해서 사는 일이 녹록지 않음이다. 삶이 한결 가볍다는 것은, 내가 나와 잘 소통하고 있으며 타인과도 잘 소통하고 있다는 증거이다.

누군가의 마음을 읽는다는 것, 그 사람의 성격과 심리를 읽는 일이다. 타인과의 소통에 어려움이 있는 분들, 타인의 고민과 갈등 해소에 도움을 주고 싶은 분들, 직업상 타인의 성격과 심리를 정확하게 이해하고 싶은 분들 그 외 인간 내면의 욕구와 심리를 깊이 공부하고 싶은 분들은 나에게 성격심리성명학을 배워보기 바란다.

제3장

분석 사례들

사례 편에 나오는 용어들의 자세한 설명과 역할은 4장의 '성명학에서의 육신六神 또는 십성十星의 통변'을 참고 바란다. 인터넷에 올라온 사주를 갖고 풀었으므로 출생시에 대해서는 의견이 다를 수 있다.

최○종과 하○라, 해로의 비밀

남녀가 부부의 연을 맺는 건 보통 인연이 아니다. 불교에서는 전생에 8천겁을 거쳐서 맺어지는 인연이라고 했고, 성경에는 '아내들이여 자기 남편에게 복종하기를 주께 하듯 하라. 남편들아, 아내 사랑하기를 그리스도께서 교회를 사랑하고 위하여 자신을 주심같이 하라'라고 하였다. 불교든 기독교든 부부의 인연을 귀하게 여기며 사랑을 강조하고 있음을 알 수 있다.

그러나 어떤 부부는 평생 해로하고 어떤 부부는 그렇지 않다. 한번 맺은 연을 끝까지 유지하는 일도 어렵거니와 남들이 부러워할 만한 금실 좋은 부부로 살아가기란 더욱 어렵다. 연예계 대표 잉꼬 부부라면 최○종과 하○라를 빼놓을 수 없다. 특히 최○종은 애처가이자 모범적인 남편의 상징이다. 간혹 어떤 이들은 연예인이니까 과장된 게 아닐까 하는 의구심을 갖기도 한다. 사주를 보면 이런 의구심이 확실하게 풀린다.

최○종의 탄생일인 사주를 보면, '식신과 상관'이 '정재와 편재'인 재성財星을 도와주는데 성의 선천운에서도 비슷하게 풀이된다. 이 경우 애처가로서 부인을 사랑하고 아끼는 남자들이 많다. 결혼을 앞둔 여성이 최○종 같은 남편을 만나고 싶다면, 탄생일인 사주에 식상생재食傷生財가 들어 있는지 보면 된다. 탄생일인 사주에 들어 있지 않다면 이름에라도 식상생재가 들어 있는지를 봐야 한다.

	壬寅生				일원 경금 庚金	식신 3 임수 壬水	식신 3 임수 壬水
4 1 3	최	6 3 5	?				
3 7	○	5 9			상관 4 자수 子水	상관 4 자수 子水	편재 5 인목 寅木
4 1 5	종	6 3 7	?				

　식상생재란 식신과 상관의 기운이 재성의 기운을 생한다는 뜻으로, 간단히 설명하자면 자신이 좋아하는 일을 통해서 재물을 축적하는 기운을 말한다. 이런 남자를 만나면 여자를 사랑하고 아껴주며 경제적으로 힘들게 하지 않는다. 최○종의 성姓인 선천운을 풀어보면 여자들이 이상적으로 꼽는 식상생재로 이루어져 있다. 아내의 무거운 가방을 들어주는 남편, 길을 걸을 때 아내를 도로 안쪽에 세우고 자신이 바깥쪽에 서는 남편, 아내가 차린 밥을 먹고 나면 아내에게 맛있게 잘 먹었단 인사를 꼭 해주는 남편, 남들에게 자기 아내를 칭찬하며 존중해주는 남편이라고 할 수 있다. 이름 중심명운이 '식신'이므로 연예인으로서 자기 재능을 마음껏 펼치고 능력을 인

정받으며 부부 금실 또한 매우 좋다. 그런데 이름은 경제적인 고민, 자녀문제와 아내의 건강 등에 문제가 있음을 알 수 있다.

	己酉生				일원 정화 丁火	겁재 2 병화 丙火	식신 3 기토 己土
1 6	하	3 8	?				
1 9	○	3 1	?		겁재 2 사화 巳火	편관 7 자수 子水	편재 5 유금 酉金
3 6	라	5 8					

　아내 하○라는 1969년 대만 국적의 아버지와 한국인 어머니 사이에서 태어났다. 1993년에 최○종과 결혼하면서 귀화하여 현재 대한민국 국적을 지닌 대한민국 배우이다. 하○라 이름 첫 글자인 '○'의 중심명운은 '비견'으로 중심명운이 '식신'인 최○종과 이름 궁합이 썩 좋다. 서로 크게 다투는 일 없이 사이좋게 해로하는 궁합이다.

　이 부부는 방송에서 여러 번 언급한 것처럼, 아내 하○라의 수회 유산으로 우울증 등 마음고생을 겪었음을 이름에서 볼 수 있다. 사주 명리학에서 여자 이름에 '편인'이 '식신'을 극하면 자식에 대한 근심이 생긴다고 본다. 하○라의 경우 이름에서도 이런 해석이 나온다.

　한 사람의 사주를 하나의 그릇이라 본다면, 어떤 그릇으로 태어났느냐에 따라 부부의 사는 모양새도 달라진다. 그릇의 모양과 용도에 따라 사용처가 다르듯이 사별, 이혼, 별거, 주말부부, 기러기부부로 사는 경우가 있고 남편의 사회활동 범위와 방향성, 남편의 건강 문제 등에 난관이 생길 수도 있다.

하○라가 결혼 전에 사주를 세 번 보았는데 마지막 간 곳에서 말하길, 결혼하면 1년 안에 이혼할 거라고 했다는데 탄생일인 사주를 갖고 단언했던 것 같다. 아무 문제 없이 행복하기만 한 부부는 없다. 자세히 들여다보면 어느 부부나 크든 작든 다양한 문제를 겪으며 살아간다. 그걸 잘 이겨내는 부부가 있는가 하면 아예 남남이 되는 부부가 있다.

세상에 완벽한 사람이 없듯 부부 역시 서로에게 완벽한 배우자일 수 없다. 앤드류 카네기는 '아내는 남편에게, 남편은 아내에게 성인과 같이 어질기만을 바라서는 안 된다. 만약 아내나 남편이 성인이었다면 당신과 결혼하지 않았을 것이다'라는 말을 한 바 있다. 모든 인간은 이처럼 부족한 존재이다. 부족한 남녀가 만나서 한 가정을 이루었으니 완벽함을 바라선 안 된다.

하○라는 강한 면이 있는 이름이지만 최○종의 사랑에 가려 잘 드러나지 않는 것 같다. 하○라는 강한 리더십을 적절히 보여주며 집안의 어려운 문제를 잘 이겨내고 남들이 부러워할 만한 가정을 이뤄낼 수 있었을 것이다.

같은 사주를 갖고 태어난 쌍둥이들

영국 케임브리지대학에서 온라인으로 발간하는 학술지『트윈 리서치 앤드 휴먼제네틱스Twin Research and Human Genetics』(2021년)에 발표한 허윤미 국민대 심리학과 교수의 연구 결과에 의하면, 한국 출생아 중 쌍둥이 비율이 40년 새 약 5배 증가한 것으로 나타난다. 출산율은 줄었지만 쌍둥이 출산율은 오히려 늘어난 것이다. 쌍둥이 출생이 증가하는 이유에 대해 허윤미 교수는 "30~39세 여성이 인공 수정 등 보조 생식기술을 활용해 임신에 성공하는 경우 쌍둥이 출산이 더욱 많이 나타나는 경향이 있다"고 밝혔다.

한 배에서 같은 날 태어난 쌍둥이를 흔히 '영혼의 단짝'이라는 말로 표현한다. 자주 듣는 물음 중 하나가 "쌍둥이는 한날한시에 태어났으니까 운명이 같지 않나요?"이다. 결론부터 말하면 NO이다.

몇 년 전에 한 TV 프로그램에서 이러한 물음을 갖고 한 쌍둥이 자매의 삶을 추적한 일이 있었다. 1975년에 태어난 일란성 쌍둥이 자매 중, 한 명은 태어나자마자 미국으로 입양되어 40년 동안 떨어져 살았다. 한국에서 계속 살았던 쌍둥이 동생은 무속인이 되었고, 쌍둥이 언니는 한때 의사를 고려했지만 심리학을 공부해서 교수가 되었다. 그 언니는 심리학을 선택한 이유에 관해 이렇게 말했다.

"(입양된 미국 가정의) 할아버지가 의사였고, 삼촌과 이모도 의사였기 때문에 저도 의학을 공부할까 했었죠. 하지만 전 피를 보기 싫어서 자신이 없더라고요. 그래서 심리학이 좋은 대안이라고 판단했어요."

2분 차이로 태어났지만 언니와 동생의 삶은 달랐다. 언니는 어려서부터 공부를 좋아했고, 동생은 공부를 좋아하지 않았다. 동생은 운명을 믿는 무속인이 되었고, 언니는 정해진 운명을 믿지 않는다고 했다. 사주팔자는 운명에 절대적인 영향을 미친다고 한다면, 쌍둥이도 비슷한 삶을 살아야 하는데 그렇지 않았다. 이 쌍둥이에게 사주는 '같음'이었지만, 이름은 '다름'이었다. 그 차이가 자매의 삶에 '달라지는' 영향을 미쳤을 것이다.

甲寅生 언니			甲寅生 동생			?	일원 임수 壬水	편재 5 병화 丙火	식신 3 갑목 甲木
2 6	크	2 6	6 3 5	최	6 3 5	?	겁재 2 자수 子水	겁재 2 자수 子水	식신 3 인목 寅木
0 5	리	0 5	7 0 9	○	7 0 9				
5 6 0 5	○ 티	5 6 0 5	6 7 7	정	6 7 7				

174

이 자매가 같은 부모에게서 태어났으므로 성명 중에서 성姓에서 보여주는 선천운은 같다. 쌍둥이기에 언니 최○숙은 표를 만들지 않았다. 최씨 성으로 보는 선천운은 '정재·식신·편재'로 이루어졌다. 그러나 실제 탄생일인 사주팔자는 겁재가 많고 식신과 편재, 편인이다. 따라서 성姓에 있는 파동주파수와 실제 사주팔자에서 보여지는 파동주파수가 다르니 작명 때 사주팔자를 참고하지 않고 작명을 하면 큰 오류가 생긴다.

성명의 선천운에서 정재와 편재가 강하다는 것은, 활동적인 파동주파수가 강하게 자리잡은 것이다. 1975년은 천간지지가 같은 파동주파수의 에너지가 강한 따라서 그 영향력은 다른 띠에 비해서 강하다. 이 자매는 수水가 강한 겨울 사주로, 찬 기운이 강하고 불이 필요한 사주이다. 화火의 기운이 지속되기 위해서는 목木이 필요하다.

또한 이 불이 온전히 잘 지켜지려면 토土가 필요하다. 이들 사주가 1월 5일이라는 설과 1월 6일이라는 설이 있다. 1월 6일 오전 8시전에 태어났다면 병자월에 임자일이 맞고 8시 18분 절기 이후에 태어났다면 정축월에 임자일이 맞지만, 이름과 탄생일인 사주를 비교해 보았을 때 임자일인 1월 5일이 맞을 것 같다.

언니는 보육원에서 잠시 불리던 최○숙보다는 미국에 입양된 후, '크리○티'라는 이름으로 불리며 산 세월이 훨씬 길다. 이름을 살펴보면 부모운이 약하고, 편재와 정재가 인수와 배합이 맞지 않으니 특히 모친의 덕이 약한 것으로 보인다. 실제 낳아준 모친이 암으로 일찍 돌아가셨다고 한다. 이외에도 이름에서 볼 수 있는 이름풀이 해석방법은 사주풀이의 해석과 같이 무수히 많으며, 이를 활용하여 심리상담사들을 위한 풀이도 가능하다.

동생 최○정의 이름과 실제 사주팔자에서 보이는 파동주파수는 많은 차이가 있다. 실제 사주팔자는 겁재가 많고 강하며 식신과 편재가 약하다. 이런 사주는 부모운이 약하고 객지 생활을 해야 성공하는 사주이다. 언니의 경우, 해외로 나가 양부모 밑에서 성장했기 때문에 친부모에게서 자란 동생에 비해 복이 많아진 것으로 보인다.

동생의 이름 중심명운이 편관이며 비견과 겁재가 없다. 그러나 실제 사주팔자는 비견과 겁재가 많다. 즉 많은 것은 없는 것과 같은 작용으로 동기간과 인연이 약한 이름이 되어 실제 삶과 운명이 비슷하다. 40년 이상 헤어져 살았던 자매의 삶이 이렇게 달라진 것만 보아도, 같은 사주를 갖고 태어난 쌍둥이의 운명이 얼마든지 달라질 수 있음을 알 수 있다.

국내외 연예계에도 쌍둥이들이 있지만, 생김새가 같든 다르든 운명은 같지 않다. 미국의 여배우 스칼렛 요한슨은 헌터 요한슨과 쌍둥이 남매이지만, 스칼렛은 세계적인 스타가 되었고 헌터는 배우로 데뷔했다가 지금은 자연재해 구조자들을 지원하는 비영리단체를 운영하고 있다. 영화 〈터미네이터〉의 여전사로도 유명한 미국의 여배우 린다 해밀턴은 레슬리 해밀턴과 쌍둥이 자매이지만, 레슬리 해밀턴의 직업은 간호사였다. 미국의 남자 배우 애쉬튼 커쳐도 쌍둥이이다. 이란성 쌍둥이 동생 마이클이 13세에 뇌성마비 진단을 받았고 지금은 건강하게 직장생활 중이라고 한다.

쌍둥이로 태어나 각자 다른 분야에서 활동하는 경우가 많지만, 같은 분야에서 활동하는 쌍둥이도 많다. 배우로 활동 중인 류화영과 류효영(활동명 정우연) 자매도 쌍둥이이고, 배우로 활동 중인 한기원과 한기웅 형제도 쌍둥이이다. 같은 분야에서 활동한다고 해서 같은 운명을 살고 있다고는 할 수 없다. 그 안에서도 활동 범위가 다르고 주고받는 파동수가 다르기 때문이다.

연예계에서 많이 알려진 쌍둥이로는 개그맨 이○민과 이○호 형제가 있다. 이○호, 이○민 형제는 사주상 별 차이가 없고 직업도 같다. 2023년 쌍둥이 형인 이○호는 결혼을 하였고 동생은 아직 미혼이다. 사주가 동일한 쌍둥이라도 이름이 다르기에 배우자와의 인연 또한 다르다. 결혼하고 나면 각자 배우자의 사주, 자식의 사주에 따라서 환경이나 운명의 흐름이 얼마든지 달라질 수 있다.

이○호, 이○민은 1981년생이다. 이 두 사람의 경우, 성격이나 인생의 흐름이 비슷하게 가는 이유를 이름에서 살펴볼 수 있다. 이 형제는 선천운에서 편관과 정관이 없고, 편인과 정인이 없다. 이들 아버지는 동네에서도 유명할 정도로 개그 기질이 뛰어나다고 한다. 아버지의 재능을 이어받았다는 건, 선천운에 이미 잘 드러나 있다.

	辛酉生			辛酉生					
4 2	이	4 2	4 2	이	4 2	?	일원 정화 丁火	겁재 2 병화 丙火	편재 5 신금 辛金
2 8 4	○	2 8 4	2 8 4	○	2 8 4	?	편인 9 묘목 卯木	정재 6 신금 申金	편재 5 유금 酉金
3 0	호	3 0	0 2 6	민	0 2 6				

성姓인 선천운의 파동주파수는 '상관과 겁재'이다. 실제 사주팔자의 파동주파수는 '편재·겁재·정인/편재·정재·편인·상관'이다. 성에 있는 파동주파수와 실제 탄생일인 사주팔자의 파동주파수는 이렇게 다르다. 따라서 작명을 하려면, 실제 탄생일인 사주팔자를 보면서 사주팔자의 흐름과 대운의 영향을 고려해야 한다.

서로 성격이 맞지 않아 안 보고 산다는 형제나 자매가 더러 있지만, 쌍둥이인 이○호와 이○민의 콤비가 잘 맞는 것은 이름 중심수가 같은 파동주파수를 가지고 있기 때문이다. 쌍둥이로서 둘이 잘 맞는 궁합인지 그렇지 않은지를 사주만 갖고는 판단하기 어렵다. 그런데 이름으로 보면 금방 알 수 있다. 이○호 형제가 초년 고생을 많이 한 이유는 선천운에서 재물을 뜻하는 편재와 정재가 없기 때문이다.

형인 이○호는 이름에 부인을 의미하는 '편재'와 '정재'가 없다. 재성이 없어서 재물 관리와 부분 간 애정지수가 떨어질 수 있다. 항상 관재구설을 조심해야 한다. 동생 이○민은 이름에 '편재'와 '정재'가 극을 받고 있다. 재물은 있지만 주변 지인이나 본인의 실수로 손실이 올 수 있다. 정인이 '상관'을 제압해주므로 '정관'의 활동성이 커지고 '겁재'를 제압해주기 때문에 성격과 재물 특성에서 형보다 유리하다. 하지만 부부운은 두 사람 모두 약하니 배우자에 대한 따뜻한 배려와 이해가 필요하다.

이처럼 한날한시에 태어난 쌍둥이라도 운명은 각자 다르게 흘러간다. 어떤 쌍둥이는 비슷한 운명의 삶을 살고, 어떤 쌍둥이는 전혀 다른 운명의 삶을 살기도 한다. 그리고 어느 시기까지는 비슷한 삶을 살다가 결혼 이후 아예 다른 삶을 살기도 한다. 한 사람의 운명에는 여러 요소가 영향을 미쳐 얼마든지 달라질 수 있다. 운명을 좋은 방향으로 이끌고 싶다면 그 요소들을 좋은 파장으로 바꾸어주는 노력이 필요하다. 개명은 그중 제일 중요한 '개운' 방법이다.

무당도 엄지척 하는 성격심리성명학

언젠가 책을 쓴다면 이 이야기는 꼭 써야지, 했던 분이 있다. 드라마틱한 상담 내용 때문은 아니고 제삼자들이 볼 때 의외의 직업군에서 온 데다가 상담이 끝난 뒤 반응이 인상적이어서였다.

10여 년 전 어느 날의 초저녁이었다. 오후 늦게 성명학 수업을 마치고 잠시 쉬고 있는데 60대 중반쯤 돼보이는 여성이 문을 열고 성큼 들어오더니, 원장실로 거침없이 들어가 앉았다. 그 시간에 오기로 한 예약 방문자는 없었다.

원장실로 들어가서 내 자리에 앉아 어떻게 오셨느냐고 물으니, 이름을 감명받고자 왔다고 하였다. 이름을 묻고는 성격과 심리 그리고 운명에 관해 설명해주고 마지막으로 "남편과 애로가 있는 파동주파수는 식상이 관성을 만날 때인데, 식상이 관성과 상극하고 있으며 이름 여러 곳에 문제가 있어 남편과 해로하기 힘든 이름입니다. 만약에 이혼했다면 다른 남자분을 만나도 해로하기가 힘든 이름입니다" 하였다. '화가 금을 만난다'라는 것이 이분의 경우에는 식상이 관성을 만나고 있는 형상이었다.

이어서, 자기보다 몇 살 어린 남자의 이름을 알려주며 "제 사업 파트너로서 어떤지 봐주세요. 동업해도 괜찮겠습니까?" 하고 물었다. 그 남자 이름의 첫소리는 편관으로 금에 해당하였다. 나머지 이름도 살펴보고, 첫소리가 금인 분들은 일하는 부분에서는 책임감을 갖고 열심히 하니 일을 맡겨도 좋다고 하였다. 알고 보니 남자는 사업 실패와 부도로 인해서 배우자와 헤어지고 집을 나와 이 여성의 일을 도와주는 상황이었다.

"사실은 내가 이혼했는데 재혼할 수 있을까요?"

묻는 뉘앙스를 보니 일을 도와준다는 남자와 재혼을 염두에 두고 있는 것 같았다. 재차 "재혼을 하더라도 해로하기는 힘드실 것 같다"고 했더니, 고개를 끄덕이면서 "하긴, 내 성격에 해로하기 어렵겠네요" 하였다.

아니나 다를까 사업 파트너라는 남자와의 궁합을 봐달라고 하였다. 그래서 그 남자와의 부부 궁합, 사업 파트너로 함께 할 때의 성격과 심리의 차이점, 동업자의 역할 분담과 주의할 점에 대해 세세하게 설명해주었다. 물론 성격심리성명학적인 분석에 의해서였다.

이야기를 다 듣고 나더니 엄지척을 하면서 "듣던 대로네요" 하였다. 그리고 이렇게 물었다.

"내가 누군지 아세요?"

"오늘 처음 보는 분이라서 잘 모르겠는데요."

"사실 내가 ○○동에서 30년 된 무당입니다."

그 말에 깜짝 놀랐다. 본인 분야에 대한 자존심이 강할 텐데 무슨 연유로 나에게 왔을지 궁금했다.

"저를 어떻게 알고 찾아오셨어요?"

"나한테 오는 손님이 있는데 선생님이 이름을 가지고 사주를 풀 듯이 잘 푼다고 칭찬하기에 궁금해서 와봤어요. 비록 호기심으로 왔지만 선생님의 실력 인정합니다."

그러면서 '엄지척'을 하였다. 나에 대한 믿음이 생긴 덕분인지 그분은 늦게까지 나와 많은 이야기를 나누다 돌아갔다. 그녀는 이것 저것 자신의 운명에 대해 많은 걸 물어보았다. 무당도 자기 굿은 못한다더니, 남의 운명을 봐주는 무당도 자기 운명을 읽는 데는 한계가 있었다. 포교원을 운영하는 스님, 무속인들도 한글성명학과 사주명리학 공부를 하러 오곤 했던 터라 이분과의 대화도 편했다.

사람들이 무당에 대해 잘 모르는 사실이 있다. 무당이라면 다 신내림을 받아서 '신기神氣'로 점을 봐줄 거라는 오해를 한다. 사실 신내림을 받은 '강신무降神巫'는 많지 않다. 무당이 되기 위해 테크닉을 배웠거나 대를 잇기 위해 무당 직능을 훈련받은 세습무世襲巫가 훨씬 많다. 하지만 접신을 통해 공수를 내리는 강신무의 점사가 더 정확하다고 믿는 사람들이 많아서인지 세습무들까지 강신무 행세를 하고 있다. 무당 수업을 받고 무당이 된 세습무들의 점사가 강신무에 비해 드라마틱하지 않은 배경이기도 하다. 그분들 입장에선 드러내놓고 말하기 곤란할 수 있겠지만, 그동안 상담을 받고 간 세습무와 강신무가 적지 않다.

교육원에서 수강생 교육을 하고 있지만, 사정상 와서 듣지 못하는 분들을 위해서 온라인 강의도 하고 있다. 성격심리성명학이 인간을 성찰하고 탐구하는 학문이다보니 무속인뿐만 아니라 스님, 철학원 원장, 사주카페 주인, 타로 상담자, 웨딩업 종사자, 보험설계사, 사업가, 정치인 보좌관, 경찰, 법조계, 상담업 종사자 등 다양한 분야의 분들이 내 수업을 듣는다.

1년 전에 있었던 일이다. 이른 아침에 전화벨이 울리더니 끊어졌다. 잠시 후 문자 메시지 알림이 울렸다. 한글성명학을 배우고 싶다는 내용이었다. 남긴 번호로 전화를 걸었다. 통화 내용을 요약하자면 이랬다.

한글성명학에 관심이 생겨서 내 유튜브 동영상을 보았다는 것. 본인도 81수리성명학으로 작명업을 하긴 하는데, 한글성명학이 자신과 더 잘 맞는 것 같아서 온라인 수업을 듣고 싶으며, 과정과 비용이 궁금하다는 것. 사주와 이름을 가지고 설명하는 것을 보니 그 원리가 궁금하다는 것. 자기는 영업 중이라서 대면 수업은 어려우니 온라인 수업을 받고 궁금한 건 질문하겠다는 것이다.

이분은 나와 한참을 통화한 끝에 "사실은 제가 ○○ 지역에서 30년 된 무속인입니다" 하였다. 그동안 여러 곳에서 성명학 공부를 해봤고, 지금은 81수리성명학으로 작명을 해주고 있다고 했다. 우연히 내 유튜브와 블로그를 봤는데 그동안 작명 공부에서 느끼지 못했던 신기함과 공감이 있었다는 것이다.

"작명을 왜 선생님처럼 안 가르쳐주는 거죠? 잘한다는 몇 군데서 작명을 배웠지만 막상 작명을 해주려면 이게 다인가 확신이 들지 않았습니다. 원래 작명이라는 게 이런 건가 늘 아쉬웠습니다. 그런데 선생님의 블로그 글과 유튜브 동영상을 보고서야 의문이 풀렸습니다. 제가 그동안 배운 작명은 처음부터 미흡했던 거였습니다. 완성도가 떨어지는 작명법으로 공부해서 저와 제 아이들의 이름, 손주까지 개명했다는 게 화가 납니다. 선생님께 제대로 배워서 아이들의 이름부터 확인해 봐야겠습니다."

이분은 그 후 나에게서 수업을 받고 나선 더욱 분개하였다. 자기가 이전에 배운 81수리성명학으로는 100점짜리 작명인 가족들의 이름이 내게서 배운 성격심리성명학으로 풀어보니 현재 가족들의 문제들이 그대로 설명되었기 때문이다.

"선생님의 성격심리성명학처럼 정확한 게 있는데 왜 아직도 과거의 81수리성명학을 가르치고 있단 말입니까?"

그러면서 지금이라도 알게 됐으니 운이 좋다면서 자신과 가족들 이름을 다시 바꿔야겠다고 했다. 이분처럼 자기가 배운 작명법에 대해 의구심을 품다 찾아오는 분들이 적지 않다. 특히 이분처럼 세습무라서 타인의 운명을 읽어내는 데에 한계가 있는 분이 성격심리성명학을 배워 접목해볼 것을 권해 드린다.

●

중학생 사내아이의 탈선과 솔루션

"우리 부부는 지금 중학생 아들하고 범죄와의 전쟁을 하고 있습니다."

전화기 너머로 들려오는 남성의 이 한마디가 나를 긴장시켰다. 자녀 때문에 마음고생을 하는 부모들 하소연을 숱하게 들어왔지만 이런 심각한 표현은 처음이었다. 자녀의 문제가 범죄 수준의 것이라 여겨 괴로워하는 심정이 고스란히 느껴졌다. 이런 부모는 오랫동안 고통을 겪다 심신이 피폐해져 나중엔 병까지 얻는 경우가 있다.

아들은 중학생 3학년인데 심한 ADHD로 인한 과잉행동장애와 여러 탈선 사고들을 일으키고 있었다. 일 년 전부터 더 심해진 상태였다. ADHD는 아동기에 주로 나타나는 주의력 결핍, 과잉행동장애로서 주의력이 부족하여 산만하고 충동적 성향과 과다행동을 보이는 특징이다. 치료가 이루어지지 않아서 청소년기와 성인기까지 이어지면 대인관계, 사회생활에 어려움이 있다. 그래서 조기에 전문 치료를 받아야 한다. 금방 나아지는 게 아니고 꾸준히 오랫동안 치료를 받아야 한다.

아이 아버지가 고민을 하던 중, 내 유튜브 채널에서 '이름을 잘못 지으면 신神이 온다'는 동영상을 보고 전화를 한 것이다. 이름의 어떤 기운이 개인의 정신적인 문제로까지 야기할 수 있다는 내용이 마음에 와닿았다고 했다. 평소 내가 강조하던 내용이었다. 한글성명학으로 이름이 좋은지 나쁜지를 작명법으로만 국한하는 것이 아쉽다. 사주 원리를 연구하면 그 사람의 출생년·월·일·시로 성격과 심리를 알 수 있다.

신경정신과 의사 양창순은 그의 저서 『명리 심리학』에서 이렇게 쓰고 있다.

서양의 정신의학에서는 의사나 심리학자와의 상담과 심리검사 등을 통해 한 개인의 성격을 알아낸다. 즉 '나의 보고'에 많이 의존한다고 할 수 있다. 그에 비해 명리학은 인간이 자연의 일부라는 것에 그 기초를 두고 있다. 따라서 자연을 이루는 기氣의 특성, 즉 한 개인을 이루는 자연 에너지의 균형과 조화를 통해 그의 성격을 알 수 있다는 점이 특히 흥미로웠다. 더욱이 공부를 할수록 그 이론이 대단히 정교하다는 사실을 알 수 있었다. 그 덕분에 그동안 명리학에 대해 갖고 있던 나의 편견이 완전히 깨졌다.

서양 신경정신과 의사가 명리학을 통한 동양의 성격학을 환자의 심리검사지 이외에 원인을 분석하는 치료법이나 치유의 한 방법으로 접목하고 있다는 사실이 고무적이었다. 나는 사주풀이 방식을 접목한 성격심리한글성명학으로 내담자의 성격과 심리를 알아보고 원인을 찾아 치유해줌으로써 '치유의 성명학'이라고 칭하고 있기에 양창순 박사의 저 논조에 격한 공감을 하게 된다.

이 중학생 남자의 경우, 선천운에 사물을 분별하고 인식하는 정신과 이성적 판단능력을 뜻하는 식신과 상관의 기운이 부족했다. 그러다보니 또래보다 탈선에 대한 인식이 부족했다. 인터넷게임에 빠져서 중독 수준이 되었는데 게임 속 아이템들을 구매하기 위해 여기저기에서 돈을 빌리는가 하면 절도도 서슴지 않았다. 그럴 때마다 부모가 문제를 해결해주었다. 그러다 나아지겠지 하는 기대로 기다려주었다고 한다..

'개인 심리학'을 수립한 오스트리아의 정신의학자 알프레드 아들러는, 인간의 행동과 발달을 결정하는 것은 인간 존재에 보편적인 열등감, 무력감 이를 보상 또는 극복하려는 권력에의 의지. 즉 열등감에 대한 보상 욕구라고 생각하였다. 영국의 의사 제임스 프리차드는 '범죄자는 도덕 감각이 마비되어 선악의 구별 없이 빠져 일정한 광인이 된다'고 하였다. 즉, 범죄자들은 자신의 행동을 '범죄' 또는 '하지 말아야 할 행동'으로 인식하는 도덕적 판단력이 빈약하거나 마비되어 있다는 것이다.

이러한 주장을 성명학 이론에 대입해보면 정확하게 맞아떨어진다. 이름 공식에서 '편인'과 '인수'가 '식신'과 '상관'을 만나는 경우는 열등감, 무력감, 우울증, 공황장애 등 정신적인 문제를 초래하고 판단력이 떨어져 범죄에 쉽게 빠져들 수 있다. 탄생일인 사주와 연계성을 가지고 한글 이름을 살펴볼 때 범죄를 일으키는 것은 위 경우에만 해당하는 것이 아니지만, 간혹 자살 같은 극단적인 행동을 할 수 있으므로 주의 깊게 살펴야 한다.

고등학교 진학을 앞두고 한창 공부에 전념해야 할 아들이 학교에서 과잉충동행동을 하고 걸핏하면 친구들과 싸우고, 밤 늦게까지 게임을 하는 것도 모자라 돈을 빌리고 훔치는 걸 반복하였다. 게다가 어려서부터 운동을 시켰더니 에너지가 넘쳐서 남에게 폭력을 휘두르고 부모에게 욕까지 했다. 사고를 일으켜놓고 부모가 수습해줄 땐 "죄송합니다" 하고선 뒤돌아서면 바로 욕을 해대며 부모를 무시했다. 부모의 속이 타들어 갈 만했다.

"아이가 절도로 경찰서까지 간 게 한두 번이 아닙니다. 그럴 때마다 우리 부부가 달려가서 선처를 구하고 빌면서 여기까지 왔습니다. 나중에 어른이 되어서까지 이럴까봐 정말 걱정입니다. 지금은 청소년이니까 봐주지만 성인이 되어서 절도하면 그야말로 전과자가 되는 거 아니겠습니까. 우리는 매일 범죄와의 전쟁을 하고 있습니다."

아이 아버지의 절박함이 느껴졌다. 이 아이 문제는 곧 사회문제가 될 게 분명했다. 이 학생의 경우 이름에서도 많은 문제점이 보였다. 기본적인 '식신'과 '상관'이 깨졌으니 정신건강이 가장 문제였다. 아이의 이름과 부모의 이름을 통해서 중요한 부분을 짚어주었다. 그리고 자녀의 양육과정에서의 문제점, 자녀의 인격 형성과정에서 결핍된 부분들에 관하여 대화를 나누었다. 아이의 문제를 보는 거지만 결국 부모의 이름을 통한 상담도 많이 해준다. 서로 긴밀히 연계된 이유이며 부모의 이름을 보는 것도 치유의 한 방법이기 때문이다.

아이 아버지 사연을 들어보니 지난 몇 년 경제적 손실을 메꾸기 위해 쉴 새 없이 일했다고 한다. 부부 둘 다 만성피로에 시달리다보니 온 가족이 단란하게 시간을 보낼 여유가 없었다는 것이다. 부부 사이도 안 좋은 이름이라고 했더니, 집안에서 부부싸움이 잦을 정도로 서로 지쳐 있다고 했다.

아이 입장에서 보면, 자신을 자기가 주체하지 못할 정도로 산만한데 집과 부모는 아이에게 안정감을 주지 못했던 셈이다. 불안 심리가 커진 아이의 충동적 행동이 많아지고 게임, 절도, 폭언 등으로 반발을 키워온 것이다.

"부모님은 아드님을 사랑해서 아드님의 잘못을 쭉 해결해주셨겠지만, 아드님으로서는 자신이 부모님께 사랑받는 존재라는 생각을 하지 못할 수 있습니다. 늘 바빠서 자신의 감정 같은 건 알려고 하지 않는 부모님, 집안에서 자주 큰소리로 싸움하는 부모님을 보면서 아드님의 불안이 증폭되었을 겁니다. 지금 가장 시급한 건 개명보다는 아드님의 정서를 안정시키는 것 같아요. 부모님이 자신을 많아 사랑한다는 걸 집안에서 부모님의 언행으로 보여주셔야 합니다. 네가 절도로 경찰서에 잡혀가면 우리는 언제나 널 구해줄 거야,

●

하는 이런 것 말고요. 자녀분은 늘 싸우는 부모님을 보면서 자신이 란 존재에 대해 끊임없이 회의감을 가졌을 겁니다. 집에서 안정감을 느끼지 못하니 정서적으로 늘 불안하고 불편했을 겁니다. 게임 중독이나 도벽 같은 데로 빠지게 된 내면 깊은 곳의 결핍과 갈망이 무엇일지를 생각해보세요. 아이야말로 평범하고 화기애애한 가정을 늘 꿈꾸지 않았을까요?"

치유성명학으로서의 솔루션이 필요했다. 개명은 그 다음이다.

"아이가 평범하게 자라기를 바란다면, 두 분부터 평범한 부모가 되세요. 서로 위하고 아껴주는 부부의 모습을 보여주세요. 아이가 집만큼 좋은 곳이 없다고 여겨야 합니다. 두 분이 툭하면 싸우는 모습을 아이가 계속 보며 살아가는 한 집은 벗어나고 싶은 지옥일 겁니다. 억지로라도 사이좋은 모습을 보여주세요. 부모님께서 쇼윈도 부부의 모습이라도 보여주세요. 부모님에게서 안정을 느껴야 집이 좋아지고, 집이 좋아져야 자기애도 생깁니다. 자신을 위하는 마음이 생겨야 나쁜 짓을 하지 않습니다."

부모님은 아이들의 거울이라고 하지 않는가? 부모님의 이름을 함께 상담을 해보니 아버지 이름에서 자녀에 대한 근심 걱정이 있는 이름이고, 어머니는 이미 한번 개명한 적이 있는 이름으로 예쁜 이름이기는 하지만 자녀들과 가정에 좋은 이름은 아니었다. 부부의 이름을 풀어주면서 궁합과 성격에서 맞지 않는 부분을 설명해주니, 남편이 옆에 있던 아내에게 "내가 평소 늘 하던 말을 지금 선생님이 하고 계시니 직접 들어봐" 하였다. 그래서 아내하고도 이야기를 나누었다.

대부분 어머니들이 자녀 개명에 적극적으로 나서는데 이번 경우는 아버지가 가정의 평화와 자녀의 행복을 위해 네 식구 모두 개명을 원했던 경우라서 더 기억에 남는다. 새로 바꾼 이름이 이 가족에게 어떤 즐거운 변화를 가져다주었을지 소식이 궁금하다. 이 사례는 사주와 이름 보호를 위해 정보 공개를 제한하였다.

제4장
한글소리성명학의 기본 개념

이 책의 이해를 돕기 위한 최소한의 기본 개념이다. 체계적이고 심화된 이론과 분석 원리는 후속 책에서 다룰 예정이다.

성명학 공부는 어렵다는 편견

"어려운 일을 쉽게 만들 수 있는 사람이 교육자이다."

스위스계 프랑스 작가이자 철학교수였던 앙리 프레데릭 아미엘이 한 말이다. 명리학 또는 성명학을 공부하고자 하는 분들이 가장 많이 하는 말이 "성명학 공부를 하고 싶어도 너무 어려울 것 같아서 엄두를 못 내겠어요"이다. 또는 "여러 곳에서 명리학 강의를 들었는데 도무지 이해가 안 돼요"라고 말한다.

이런 하소연을 들으면 안타까운 마음부터 든다. 그럴 때마다 이렇게 말해준다.

"쉬운 학문도 어렵게 설명하면 어려운 거고, 아무리 어려운 학문도 쉽게 설명하면 쉽습니다."

27년째 이 분야에서 활동하면서 다양한 타이틀의 성명학 강좌를 진행하였다. 그때마다 내가 모토로 삼는 건 '무조건 쉽게 가르치자'이다. 명리학과 성명학 수업에 참여하는 분들은 연령대도 다양하고 직업군도 다양하다. 과거에는 나이드신 분들이 관심을 가졌지만 요즘은 20대도 배우러 온다. 성명학 공부를 해서 업으로 삼으려는 분들도 많지만, 현재의 직업에서 시너지를 얻기 위해 배우러 오는 분들도 많다. 그래서 가급적 설명을 쉽게 한다.

●

아무래도 성명학 교재는 처음 접하는 분들은 어렵게 생각이 든다. 교재 그대로 어렵게 배울 것 같으면 굳이 왜 선생이 필요하겠는가. 더 잘 이해하고 조금이라도 쉽게 배우려고 선생들을 찾아가는 것이다. 한자도 12글자만 알면 재미있게 수업을 할 수 있다. 명리학이나 한글 성명학 내용이 너무 복잡하거나 어려운 것은 아니다. 수강생들에게 쉽게 풀어서 설명해주면 오히려 재미있어 한다. 특히 성명학 공식을 대입하여 이름을 통변해주면 너무 잘 맞는다면서 신기해들 한다.

성명학, 얼마든지 쉽고 재미있게 공부할 수 있다. 성명학은 어려워서 아무나 배우는 게 아니라는 겁을 주는 선생들도 있다. 쉽게 풀어주면 될 내용을 빙빙 돌리고 한자식 표현을 남발한다. 성명학을 쉽게 가르치면 왜 안 될까? 어렵게 가르친다고 선생의 권위가 올라가는 게 아니다. 남들이 어렵게 기르치는 걸 쉽게 기르칠 수 있어야 한다.

차린 요리가 화려하고 먹음직스러운데 막상 먹을 수 없는 재료로 만들어졌다면 그건 음식이라고 할 수 없다. 수업도 마찬가지이다. 아무리 심오한 학문인들 설명이 어려워서 도무지 이해할 수 없다면 배우는 사람에겐 그림의 떡이다. 무엇보다도 명리학과 성명학은 실용학문이다. 배워서 써먹을 수 있어야 한다. 수업이 어려우면 배웠어도 내 것이 되지 않는다. 내 것이 되지 못한 공부는 써먹을 수가 없다. 다시 말하지만, 성명학은 복잡하지 않다. 수학 공식처럼 명확하고 심플하다. 대자연의 섭리와 우주 삼라만상의 생성과 소멸 원리, 인간사의 비밀이 모두 그 공식 안에 들어가 있다.

성명姓名의 역사

한자식 성명이 유입되기 전, 우리나라 사람들은 신분 고하를 막론하고 고유의 토속어로 된 이름을 사용하였다. 그러다가 통일신라 무렵에 한자가 유입되면서 지배층의 경우 중국식 한자 성명姓名을 쓰기 시작하였다. 한자 성명은 그 자체만으로 특권층 표식이기도 하였다. 피지배계층은 여전히 성姓 없이 이름만 있었다.

지금처럼 성이 포함된 성명을 모든 사람이 갖게 된 역사는 길지 않다. 1894년부터 1896년 사이에 일어난 세 번의 갑오개혁으로 신분제가 폐지되었고, 1909년 3월 4일에 순종에 의해서 '민적법'이 재가, 반포되면서 호주제 중심으로 본적, 성명, 생년월일이 기록되었다.

일본에 의해 강제로 시행된 당시 민적법의 내용을 보면, 성명을 중요하게 다루었음을 알 수 있다. 개명을 하게 되면 발생일부터 10일 이내에 그 사실을 신고하게 하였고, 이를 어기면 태형笞刑 또는 벌금형에 처한다고 명시하였다. 성명을 거짓으로 신고한 사람에겐 6개월 이하의 징역 또는 태형이나 벌금에 처하였다.

우리나라 전체 인구 중 성姓이 없는 사람이 80% 이상이었다가 민적법이 제정되면서 100%가 성을 갖게 되었다. 우리나라 성명의 역사는, 전 국민이 성명을 갖게 된 걸 기준으로 100년이 조금 넘는다.

성명학의 종류

현재 우리나라에서 작명하는 방법에는 여러 종류가 있다. 많이 알려진 방법으로는 한자의 획수를 이용하여 이름을 짓는 수리성명학, 주역을 바탕으로 하는 주역성명학, 한글로 짓는 한글성명학, 사주에 맞추어 이름을 짓는 사주용신성명학 등이 있다.

성명의 한자 획수에 수數를 적용하는 수리성명학은 일제 강점기였던 1940년대 초반, 창씨개명에 즈음하여 일본에서 들어온 작명법이다. 당시 구마사키 겐오라는 신문기자가 운명학을 공부한 뒤 '성명은 인간 개개인의 득수 표기 부호이자 운녕의 숙소'라며 개발한 작명법이다. 현재에도 많은 성명학자가 한자 및 한글 작명 기법으로 사용하고 있지만 한글성명학에 비해 성격과 심리, 건강, 부부운, 자녀 관계, 직업, 대인관계 등의 운을 분석하는 데에는 미흡하다.

주역성명학은 성명학의 기본 원리, 수리, 음령, 소리를 토대로 하고 주역의 64쾌로 이름의 운세를 정하고 있다. 1980년대 후반에 등장, 한글 이름을 훈민정음의 초성·중성·종성으로 자음과 모음의 음양오행 원리로 설명한 것이 한글성명학이다.

한글성명학은 세종대왕이 훈민정음의 제자 원리에서 밝힌 음양오행의 이치를 이름에도 적용한 것이다. 오행의 배치를 바르게 한 이름은 삶에 긍정적인 영향을 주지만, 그 배치를 깨뜨리는 이름은 부정적인 영향을 미치므로 이름을 지을 때 자음과 모음의 오행을 바르게 하자는 내용이다.

사주와 이름이 운명에 미치는 영향

'사주팔자四柱八字'는 4개의 기둥과 8개의 글자라는 뜻으로, 선천적으로 타고난 운運인 선천운을 말한다. 태어난 연월일시年月日時에 천간天干과 지지地支가 조합을 이루어 년주年柱, 월주月柱, 일주日柱, 시주時柱를 4개의 기둥인 사주四柱라고 하고 그 글자는 모두 8개라서 팔자八字라고 부른다. 사주四柱를 중심으로 대운大運의 흐름을 살펴서 타고난 선천적 운명을 알아 길흉화복과 후천의 방향성을 탐구하는 학문을 사주명리학 또는 명리학이라고 한다.

개인의 사주팔사는 사신의 의시와 상관없이 성해지는 '선천운'이지만, 부모나 주변인에 의해 지어진 이름은 '후천운'이다. 한글성명학은 훈민정음인 한글을 사주명리학의 음양오행과 접목함으로써, 한글 이름 안에서 사주명리학에서 볼 수 있는 육친인 편인偏印, 정인正印, 편관偏官, 정관正官, 편재偏財, 정재正財, 식신食神, 상관傷官, 비견比肩, 겁재劫財의 육신을 살펴볼 수 있다. (육신에 관한 설명은 뒤에 따로 하겠다) 이 육신에 따라 통변할 경우, 사주와 동일한 해석이 가능하다. 따라서 후천운에 영향을 미치는 이름을 잘 지어서 선천운인 사주의 한계를 극복하자는 것이 성명학의 기본 개념이다.

사주명리학과 한글성명학의 공통 원리

"나라 말이 중국과 달라 한자와는 서로 통하지 않아서, 이런 까닭에 어리석은 백성이 말하고자 하는 바가 있어도 마침내 제 뜻을 말하지 못하는 사람이 많다. 내가 이를 가엾게 여겨 새로 스물여덟 글자를 만드니, 모든 사람이 쉽게 익혀서 날마다 쓰는 데 편하게 하고자 할 따름이다."

세종대왕이 1443년에 한글인 훈민정음訓民正音을 창제한 이유이다. 훈민정음은 한자 그대로 '백성을 가르치는 바른 소리'라는 뜻이다. 한글은 사람의 발음기관과 천天, 지地, 인人, 삼재三才를 본떠 독창적으로 만든 문자이다. 훈민정음 창제 때 조선의 운문학자들에게 영향을 준 것은 음양오행의 철학적, 학문적 배경이었다.

훈민정음은 사람의 발음을 음양오행의 원리에 맞추어 그 모양을 보고 글자를 만들었다. 그리고 발음기관과 소리작용의 모습을 관찰하여 문자로 형상화하였다. 우리 인체 내의 오장육부를 통해서 나오는 소리 발음 속에 음양오행이 들어 있다. 어금니 소리, 혓소리, 입술소리, 잇소리, 목소리 등 각각의 소리를 발음할 때의 발음기관의 모습을 본떠서 다섯 개의 기본 글자를 만든 것은 상형의 원리이며 여기에 방위와 오행의 기운이 모두 들어가 있다.

●

즉, 훈민정음의 모음은 음양 원리를 가지고 이루어졌으며, 자음은 오행의 원리로 이루어졌다. 그리하여 한글의 조음 과정은 음양 오행의 배합으로 완성되었다. 이처럼 한글의 창제에는 우주 본체론의 동양적 역학사상인 음양오행론이 바탕이 되었다. 우주의 모든 존재와 그 운행의 원리는 음양과 오행이며, 음양오행이 소리글자인 한글 창제의 원리에도 운용된 것이다. 사주명리학도 이론의 원리와 해석은 모두 음양오행으로 이루어진다. 이 같은 관점에서 사주명리학과 한글성명학이 같은 원리로 구성되고 해석될 수 있음을 알 수 있다.

동양 성명학의 역사

성명학에는 여러 종류가 있는데 송宋나라와 명明나라 때 성명학의 체계가 만들어지기 시작했다. 한나라의 반고와 송나라의 소옹이 대표적인 인물이다. 소옹은 음양오행에 육수六獸와 육신六神을 붙여 설명한『오행육신원결五行六神員訣』을 저술하여 성명학을 체계화시켰다. 명나라의 만육오는 그의 저서『삼명통회三命通會』에서 '오음간명법五音看命法'이라 하여 '사람의 이름에 있는 오음五音이 길흉화복을 좌우하여 운명에 영향을 미친다'고 하였다. 여기서 문전 상 처음으로 발음(소리) 성명학 이론의 근거를 찾아볼 수 있다.

명리학은 미래에 일어날 일들을 각자 개인이 태어난 연월일시인 사주四柱로 예측하는 학문이다. 사주에 대한 길흉화복은 주역의 상수 원리에서 발현한 오행의 상생과 상극 원리에 따라 예견된다.

오행설은 음양설과 마찬가지로 중국을 지배하는 세계관이었다. 우주 만물의 에너지는 음기와 양기로 되어 있으며, 이 두 에너지가 상호 작용하는 과정에 목木, 화火, 토土, 금金, 수水의 5원소가 영향을 미친다는 것이다. 고대 동양에서는 사람도 하나의 작은 우주로 보았다. 그래서 사람에게도 우주의 변화와 생성원리를 같이 적용한다. 따라서 사주의 궁극적 의의는 개인의 길흉화복이나 미래예측이

●

중요한 부분이나 사람의 마음과 인성의 움직임을 보는 것도 또한 중요하다.

성명학은 명리학 분야로서 실제적이고 현실적인 학문이다. 성명학은 사주명리학과 연관되어 내담자의 탄생일인 사주를 중심으로 작명한다. 일반적으로 사용하는 성명학은 일제 강점기 때 일본인 구마사키 겐오가 창안하여 발표한 수리 획수 작명법을 적용해 설명하고 있다.

이 수리성명학은 한글이 아닌 중국식 한자와 일본식 한자에 적용한 한자 위주의 작명법이다. 즉 한자식 이름으로 작명할 경우 성격과 심리는 물론 가족 관계, 부부, 형제, 재물, 건강, 직장 관계, 직업, 대운, 세운, 월운, 일운 등을 알 수 없다. 그러므로 한글성명학과는 많은 차이가 있다.

한글성명학의 정의

1980~1990년대에 한글 이름이 유행하면서 오행 적용 분석법이 작명의 한 분야로 적용되기 시작하였다. 이즈음에 한글 소리성명학의 이론이 세상에 나오게 되었으며 파동성명학, 음파성명학, 소리성명학 등으로 분파되었다.

한글 이름은 초성, 중성, 종성의 조합으로 소리가 만들어졌는데, 그 원리는 명리학의 음양오행 이론을 따르고 있다. 이렇게 만들어진 이름을 분석하여 성격, 건강, 직업, 육친, 궁합, 재물 등의 길흉화복을 예측하는 것이 한글성명학이다.

대부분의 명리학자들은 태어나면서 정해지는 사주팔자에 음양오행의 기운이 담겨 있는 것이 신생아가 태어나면서 부여되는 이름에도 음양오행이 담겨 있다고 했다. 이것은 명나라에서는 만육오萬肉梧가 쓴 『삼명통회三命通會』의 「오음간명법五音看命法」을 보면 사람의 이름에 있는 오음五音이 길흉화복을 좌우하여 운명에 영향을 미친다고 하였다. 여기서 문전 상 처음으로 발음(소리) 성명학이론의 근거를 찾아볼 수 있다.

성명학 이론이 다양하다보니 성명 풀이와 작명에 관한 이론이 하나로 정립되지 않은 상태이다. 그러다보니 어떤 이름이 좋은 이름이냐에 대한 해석이 분분해서 일반인들 시각에선 신뢰도 확보에 미흡한 측면이 있다. 또한 한글성명학 논문도 자음과 모음의 각기 다른 이론적 원리를 밝히는 데에 그치고 있으므로, 성명이 사람의 운명에 어떻게 작용하는가에 대한 실제 사례와 대입해 증명하고 있는 연구들이 수반되어야 한다.

이 책에서는 각기 다른 이론의 문제점을 제기하기보다는 작명에서 가장 기본적인 내담자의 탄생일인 사주팔자는 외면한 채 성姓을 기준으로 작명하는 현실에 올바른 작명법을 제기하고자 하였다.

우리나라 작명법의 종류

현재 우리나라에서 작명가들이 주로 사용하는 방법은 81획 수리 성명학과 한글성명학이다.

1. 81획 수리성명학

수리성명학은 성명을 감정할 때 전통적으로 가장 많이 사용해온 방법이다. 이름의 한자 획수를 계산해서, 81수리의 조견표로 비교하여 원元, 형亨, 이利, 정貞으로 나누어 길흉을 판단하는 사격四格 방법이다. 세 글자 성명에서 각 성과 이름 두 자씩의 획수를 조합하여 세 가지 운인 주운, 부운, 그리고 외운이라 하고 이 세 글자의 횟수를 모두 합쳐서 총운이라고 한다.

이를 원격元格. 형격亨格, 이격利格, 정격貞格이라 하며 그 수의 의미를 밝혀내어 이름 자체에 내포된 길흉화복과 희로애락을 해석하는 작명이 수리 획수 성명학이다. 원격, 형격, 이격, 정격의 4격은 개인이 능력을 펼치는 연령대를 초년, 중년, 장년, 말년의 시기로 볼 수 있다.

하지만 해당 시기에만 영향력을 주는 것이 아니라 서로 상호 간에 긴밀한 영향을 주고받는다. 2개 이상의 흉수가 중복되면 흉작용이

가중되고, 4개의 길수가 좋아야 길한 작용이 더욱 좋아진다.

2. 한글성명학

자음파동성명학은 사람의 소리에 오행이 모두 들어 있다는 인식에서 시작하였다. 한글 자음과 모음 중, 자음의 소리만을 오행으로 구분하여 이름의 오행이 서로 상생하고 조화를 이루도록 작명하는 것이다. 사람의 소리를 그대로 기호로 나타내는 문자인 한글의 특성에 따른 성명학이다.

한글 소리성명학에는 자모음성명학인 한글성명학과 자음파동성명학이 있다. 자음파동성명학은 소리성명학, 음파성명학, 한글 자음파동성명학 등이 있다. 자모음 성명학으로는 안영란 작명가의 한글성명화이 많이 알려져 있다. 그리고 한글성명학이 대부분 성姓을 기준으로 작명을 하나 탄생일인 사주팔자를 기준으로 작명하는 곳은 드물다. 작명법 이외에 성격심리성명학으로 자리잡은 성격심리 한글성명학이 있다.

한글 자음의 소리 오행과 생년의 간지를 가지고 사주명리의 육신인 편인偏印, 정인正印, 편관偏官, 정관正官, 편재偏財, 정재正財, 식신食神, 상관傷官, 비견比肩, 겁재劫財의 육신六神 10가지 유형을 음과 양으로 나누어서 길흉화복을 10가지 유형으로 분류하여 작명하는 방법이다. 예를 들면 태어난 출생연도를 기준으로 성과 이름에서 초성·중성(모음)·종성의 음양을 살펴서 오행을 붙이고, 상생과 상극관계를 통해 육친관계를 뽑아서 통변하는 방법이다.

　한글성명학은 사주명리학의 음양오행과 한글 발음의 음양오행의 원리를 결합해 10개의 육친을 비교하여 재물, 자녀, 공부, 명예, 건강, 세운, 일운, 월운 등 사주와 같이 이름을 통해서도 길흉화복과 무병장수를 예측할 수 있다.

한글성명학에서의 음양 원리와 작용

우주의 삼라만상을 형성하고 조화, 통일시키는 에너지가 음양오행에 있다는 '음양오행설陰陽五行說'은 동양철학의 근간이기도 하지만 한글성명학의 기본 원리이기도 하다. 음양설은 우주의 모든 현상이 음과 양으로 나타난다는 학설이고, 오행설은 자연을 구성하는데에는 금金, 수水, 목木, 화火, 토土의 5가지 요소가 필요하다는 학설이다. 대자연뿐만 아니라 인간 사회의 모든 현상도 음양오행의 작용에 따른 것이며 길흉화복이 그 범주에서 영향을 받고 있다는 것이 명리학과 한글성명학의 기본 개념이다.

한글은 음양오행으로 만들어진 글자이다. 『훈민정음』해례본 첫구절에 '하늘과 땅의 이치는 음양과 오행일 뿐'이라고 쓰여 있다. 이말은 우주 만물의 형성 원리가 음양오행에 있다는 것인 동시에 한글이 음양오행설에 기초해서 창제되었다는 의미이기도 하다.

따라서 음양오행의 원리로 창조된 한글을 바탕으로 작명한다면 글자에 담긴 오행만으로도 인간 개인 운명의 길흉화복을 파악할 수 있다는 것이 한글성명학의 입장이다. 이름 글자의 오행과 명리학 이론 중에서 핵심 부분인 육친관계를 대입해서 분석하면 개인의 길흉화복과 생로병사, 희로애락을 구체적으로 예측할 수 있게 된다.

한글 이름의 원리는 사주명리학과 연계되어 그 원리를 찾아볼 수 있다. 그래서 사주의 구성을 알아보아야 한다. 사주는 사주의 간지干支마다 갖는 음양과 오행이 있는데 그 음양과 오행의 생극제화生剋制化(상생, 상극, 제압, 합화) 정해지는 것이 육친이다.

육친六親이란 자신, 부모, 처, 자, 형제를 말한다. 육친을 육신 또는 통변성通變性이라고도 하며 정인, 편인, 비견, 겁재, 식신, 상관, 정관, 편관, 정재, 편재 등이 있다. 이에 대해서는 뒤에 자세하게 설명하겠다.

성명학에서의 육신六神 또는 십성十星의 통변

　육신이란 십성이라고도 하며 오행의 상생과 상극에 따라 나타나는 파동수를 말한다. 육신이 무엇인가에 따라서 영향을 강하게 받는 부분이 있고 그렇지 않은 부분이 있다. 작명에서 이 부분의 통변을 어떻게 하느냐가 관건이다. 대략의 이해를 돕기 위해서 십성이 가진 대표적인 성향을 설명하면 다음과 같다. 숨은그림찾기처럼 생극제화의 묘미를 찾아보는 것도 좋겠다.

상생과 상극 작용

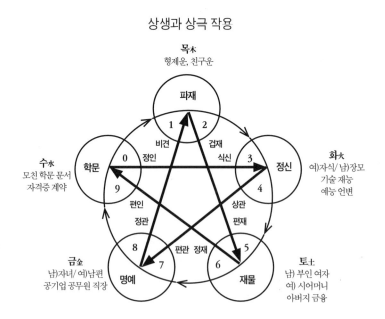

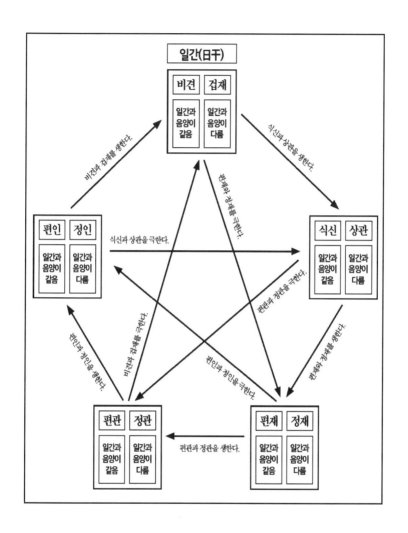

1. 비견比肩 : 생년과 이름 오행이 같으며 음양이 같은 것

파동주파수 1에 해당하는 비견이다. 친구, 형제, 동창생, 직장동
료 등 나와 어깨를 나란히 하는 존재를 말하며 사교성이 좋고 자존

심이 강하다. 자신감과 추진력, 독립심이 강하다. 비견이 많으면 경쟁의식이 강하게 나타나서 남에게 지지 않으려는 욕심이 과하면 주변과 화합을 못한다. 반항심과 독선적 성향을 보일 수 있다.

비견과 겁재가 많으면 부모와 형제 덕이 없으며, 어디에 소속되는 것에 구속감을 느껴 직장생활이 어려우므로 프리랜서나 개인 사업을 하는 경향이 있다. 남에게 피해를 주고 본인도 재물을 모으기 힘드니 고생하여 사는 경우가 많다.

비견이 중복되면 겁재가 된다. 즉, 아버지와 처의 인연이 안 좋고 재물과 인연이 좋지 않다. 만약 비견과 겁재 사이에 편관과 정관이 있으면 재물 손실을 막아주어서 재물운이 좋아진다. 사업가가 이런 구성을 하고 있으면 유리하다. 따라서 사업가는 재물인 편재와 정재를 극하는 비견과 겁재를 중심 수에 넣어서 작명하는 길 피해야 하며 탄생일인 사주를 참고하여 작명해야 하며 신약한 탄생일인 사주에서는 비견의 필요성의 유무에 따라 선택할수 있다.

2. 겁재劫財 : 생년과 이름 오행은 같으나 음양이 다른 것

파동주파수 2에 해당하는 겁재이다. 중국 남송의 서승이 저술한 명리학 서적 『연해자평』 제3권 「육친총론」 편에 의하면, "겁재는 글자 그대로 재물을 겁탈하는 기운으로 친형제 간이 아니고 이복형제를 뜻하는 글자로, 아버지의 재물을 빼앗아가는 형제라는 뜻으로 친형제보다는 고집스럽고 재물을 겁탈해가는 기운이 강하다"라고 언급하고 있다.

겁재는 부모와 형제 덕이 없으며 성격이 단순하면서 남에게 지기 싫어하는 성향을 갖는다. 결혼한 남편에게 겁재가 들어 있으면 아내와 사이가 좋지 않다. 상대를 억압하고 제압하려고 해서 타인과 잘 어울리지 못한다. 상관과 상생하면 아집이 강하고 독선적이고 재물에 대한 욕심이 강하다. 정상적인 굴레를 벗어난 위법행위를 해서라도 재물을 축적하려고 한다. 학생의 경우에는 상관성인 위법행위를 도와주어 정관의 관성을 극하므로 학교생활을 하면서 문제를 일으킬 가능성이 크다.

그런데 겁재가 식신을 생조하면 식신의 길성에 흡수되어서 위법행위를 행하지 않고, 겁재의 흉한 작용이 작동하지 않는다. 이때 재성인 편재와 정재가 있으면 겁재와 식신이 협력하여 재성을 생生한다. 만약에 겁재가 비견과 함께 있으면 이복형제를 볼 수 있으며, 상속문제로 다툴 수 있고 동업을 할 경우엔 부정한 방법에 의해 손해볼 수 있다.

겁재가 많으면 적은 재물을 두고 서로 다투게 되니 사업하면 부도나 사기를 당하기 쉬우므로 보증, 계모임 등 금전과 관련된 일들에 거리를 두는 것이 좋다. 겁재가 많은 여자는 편재와 정재의 재성인 시어머니를 극하므로 고부 갈등이 생기게 된다.

3. 식신食神 : 이름 오행이 생년을 생해 주나 음양이 같은 것

파동주파수 3에 해당하는 식신이다. 『연해자평』제3권 「육친총론」 편에 의하면, "식신은 오행의 화火에 속하니, 화의 속성상 분류에 의한 것으로 드러내거나 남들의 주목을 받는 속성을 지니고 있다"라고 기록하고 있다.

식신은 재성인 편재와 정재를 생生한다. 정재는 재물 중 매달 들어오는 월급과 같은 것으로, 내가 노력한 대가에 속하는 안정적인 수입 또는 이득이다. 식신이 편재를 생生하면 재테크를 잘하고 결과도 좋다. 사교성이 좋고 싹싹하며 재능이 있고 언변이 좋아 인기가 많다. 건강한 사람이 많다.

여자 이름에 식신이 잘 발달해 있으면 자식도 잘 낳는다. 그런데 식신이 길성吉星이지만 너무 많아서 기신忌神으로 작용하면 자식을 낳고 아이가 성장할수록 남편이 하는 일에 장애가 생길 수 있다. 이럴 땐 남편과 사이가 나빠질 수 있으므로 아내가 사회에 나가서 활동하는 것이 좋다.

4. 상관傷官 : 이름 오행이 생년을 생해 주나 음양이 다른 것

파동주파수 4에 해당하는 상관이다. 『연해자평』제3권 「육친총론」 편에 의하면, "식신과 관성官星이 만나게 되면 관을 극하니 관의 문제가 생기게 된다"라고 하였다. 정재를 생生하고 정관을 극한다. 남편을 극하는 것이니 남편이 무능력해지거나 좋은 남편을 만나기 어렵다. 직장에서는, '상관傷官'이란 글자 그대로 관을 상하게 한다. 자신의 솔직한 심정을 그대로 드러내서 상사와 마찰이 잦아서 이직이 많다. 남의 단점을 지적하거나 거침없는 언행으로 대인관계에서도 불화를 불러오게 된다. 이때는 인수가 제압해주어야 한다.

특히 상관은, 성격이 거만하다는 소리를 들으며 질서와 관례 등을 무시하는 경향이 있다. 경쟁에서 지기 싫어하고 반항심이 많아 폭력적인 언행이 나올 수 있다. 인성으로 제압하거나 편재와 정재로 설기시키면 총명하고 반듯한 행동을 하게 돼서 사회에서 인정받는다.

여자에게 상관이 많으면 자식 문제로 힘들어질 수 있다. 그러나 장점으로는 언변이 발달해서 토론을 잘하고 연구하고 발명하며 창작력이 좋아 예술계통에서 성공하는 사례가 많다.

5. 편재偏財 : 이름 오행이 생년을 극하며 음양이 같은 것

파동주파수 5에 해당하는 편재이다. 편관을 생生하고 식신의 힘을 빼주며 편인을 극한다. 안정된 수입과 재물을 의미하는 정재에 반해, 편재는 정상적인 재물이 아닌 유동적인 재물에 비유한다. 부동산이나 동산처럼 큰 재산 가치를 뜻하기도 한다.

편재는 남성에게는 금전상의 곤란 또는 여자 문제를 뜻한다. 그리고 모험적인 사업으로써 승부를 걸려고 하니 직장을 유지하기 어렵고 사업가로서의 인생을 사는 경우가 많다. 직업으로는 은행, 증권, 금융계, 경리직 등과 인연이 있으며 사업이나 자영업과도 인연이 많다.

6. 정재正財 : 이름 오행이 생년을 극하고 음양이 다른 것

파동주파수 6에 해당하는 정재이다. 정관을 생生하고 상관의 힘을 빼주며 정인을 극한다. 남자는 정재가 아내를 의미하고, 여자에겐 정관이 남편을 의미한다. 정재는 마음이 정직하고 성실한 성향을 갖고 있으며 융통성이 적어 답답할 수 있다. 정재는 본인 재물임에도 다른 사람들이 탐내서 분쟁의 원인이 된다.

정재의 특성은 자기가 정당하게 노력한 만큼의 대가로 얻은 소득이므로 안정된 경제력이 된다. 정관을 생生하므로 대부분 보수적인 성격으로서 원칙에서 크게 벗어나려고 하지 않는다. 그래시 직업으로는 재정공무원이나 재무계통의 직장인이 많다. 하지만 이름에 재성財星이 강하면 오히려 재물복이 없어진다.

7. 편관偏官 : 이름 오행이 생년에게 극을 당하고 음양이 같은 것

파동주파수 7에 해당하는 편관이다. 『연해자평』 제3권 「육친총론」 편에 의하면, "성정이 곧고 바르며 융통성이 부족하거나 자기 주장이 강하게 드러나는 경향이 많다"라고 하였다.

편관은 편인의 기운을 돋우고 편재의 힘을 빼주며 비견을 극한다. 나를 극하는 오행으로서 경찰. 군인, 투쟁가, 혁명가 등에 맞는다. 성급함이 있고 투쟁을 잘하며 권력을 추구하기에 고독함이 따를 수 있다. 성급한 성격에 불같은 면이 있어서 조직폭력배, 청부업자가 될 수 있고 심각한 경우에는 사기꾼, 강도 등 흉악범이 될 수도 있다.

편관이 이름에 많으면 일복이 많아 건강하지 못하며 일을 많이 해도 재물이 없다. 이름에 편재, 편관, 편인으로 이루어져 있으면 교통사고가 발생할 확률이 높으며 주변에 어떤 파동수가 있느냐에 따라 길흉이 달라진다. 이름이 상생되어도 흉살로 상생이 되어 자신에게 나쁜 기운이 오니 이름을 지을 때 이런 점을 유의하여야 한다.

8. 정관正官 : 이름 오행이 생년에게 극을 당하고 음양이 다른 것

파동주파수 8에 해당하는 정관이다. 정인을 생生하고 정재의 힘을 빼주며 비견을 극한다. 이름에 정관이 있는 사람은 그 시대가 요구하는 '모범적인 인간형'의 성향을 갖는다. 준법정신이 강하고 질서나 규칙을 잘 지키며 명예와 체면을 중요시 여기며 보수적이다.

그러나 이름에 정관이 많으면 책임감이 지나쳐서 소심하거나 융통성이 없어서 답답하게 된다. 일간이 약한데 정재가 정관을 생生하면 재성과 관성이 많아져 일복이 많지만, 공은 없다. 정관이 발달하면 용모가 단정하고 상사나 윗사람을 존경하고 책임감이 강하다. 남녀 모두 일 처리가 빈틈이 없고 완벽하다. 정관으로 묘사되는 군자는 품행이 단정하고 인품이 순정하며 자비심이 있으면서 민첩하고 총명한 성정을 모두 갖춘 도덕인 인간형으로 표현되고 있다.

9. 편인偏印 : 이름 오행을 생년이 생하고 음양이 같은 것

파동주파수 9에 해당하는 편인이다. 겁재를 생生하고 관성의 힘을 빼주며 식신을 극한다. 편인의 특성이 잘 발달되어 있으면, 어떤 사물을 분석할 때 신속하고 판단력이 빠르다. 임기응변과 업무에 대한 대처능력이 뛰어나므로 전문직이 잘 맞는다.

이중적 성격과 변덕, 변화무쌍함이 강해서 시기와 질투도 많다. 편인에서 도식倒食은 '밥을 쏟는다'는 의미이다. 그야말로 밥그릇이 엎어지는 형상이다. 식신이 상하는 것이다. 이때는 재성인 편재로 편인을 눌러줘야 도식이 되지 않는다. 하지만 편인이 상관을 제압하는 형국이면 흉이 길로 바뀌어서 우수한 능력을 갖추지만, 사주 해석과 달리 이름은 흉凶이 되어 사건사고, 질병 등에 영향을 미친다.

10. 정인正印 : 이름 오행을 생년이 생하고 음양이 다른 것

파동주파수 0에 해당하는 정인이다. 자신을 생하는 생기生氣로서, 어진 성품에 선비 스타일로 체면과 명예를 중요시한다. 비견을 생하는 어머니 마음으로 모성애가 있으며, 어른스러운 면이 있어서 집에서 맏이 역할을 할 수 있다.

학문과 전통을 계승하고자 하는 면이 있고, 보수적인 면이 강하며 도덕심이 있고 큰 변화를 모색하지 않으려 한다. 비견을 생生하고 정관의 힘을 빼주며 상관을 극한다. 0은 우선 일간과 비견을 생해준다는 데서 의미가 크다. 일간 입장에서는 정인이 일간을 생하

●

는 길신으로 작용하기 때문이다. 따라서 사주의 강약과 관계없이 이름에 인수는 꼭 필요하다.

한글성명학에서의 사주명리학 원리의 활용

이름은 소리로 불린다. 이름은 자신 것이지만 자신보다 남들이 더 많이 불러주고 남들이 더 많이 사용한다. 또한 이름은 또 다른 나의 분신이다. 그래서 우리가 부르는 이름의 발음 소리 작용이 운명을 좌우하는 것에 영향을 미치고 있다는 것이 한글성명학의 주된 관점이다.

아기가 태어났을 때 가지고 태어난 선천운인 사주팔자가 운명을 좌우하며 그 후에 부여받은 후천운인 이름도 아기의 운명을 좌우한다고 본다. 왜냐하면 타인이 자신의 이름을 부를 때나 모든 사람이 들을 때는 그 소리 발음에서 나오는 파장이 그 사람에게 희로애락과 길흉화복의 결과로 작용하기 때문이다. 그래서 좋은 이름은 부를수록 점점 좋은 기를 받아 운이 좋아져 삶이 행복해지고, 나쁜 이름은 부를수록 나쁜 기를 받아 삶이 힘들어진다.

사주팔자가 음양오행으로 이루어져 있고, 한글 소리도 음양오행으로 이루어져 있으므로 서로 이론 체계가 같다. 그래서 이름을 지을 때나 이름을 감명할 때도 한글의 글자를 음양오행으로 구분해서 출생연도와 이름을 대입해서 살펴보는 것이다. 이름은 무의식적으로 당사자의 성격과 심리를 지배하기에 가족은 물론 주변 사람에게도 영향을 미친다. 그리고 본인 직업의 성향, 세운과 월운, 일운도 볼 수가 있으며 질병까지 볼 수 있다. 외국인의 이름도 한글로 표기 해서 감명할 수 있다.

특히 음양오행을 바탕으로 구성된 사주와 한글성명학의 연계성 과 운용에는 밀접한 관계가 있다.

첫째, 한글 이름과 개인의 사주를 비교해본 결과, 성姓은 조상이 고 초년을 뜻하는 사주의 년주와 월지에 있는 육친의 특징이 잘 나 타나 있었고, 이름의 첫소리인 초성은 사람이 태어나면서 고정이 고 불변인 사주팔자의 일간日干을 중심으로 사주 육친의 중요한 기 운과 공통점이 있다. 즉, 한글 성명에서 성姓은 년주와 월주 영향이 크고, 이름의 첫소리는 월주, 일주, 시주, 년주, 사주의 희신 및 용신 순서대로 영향을 미친다. 이름의 첫소리에 있는 육친의 수리는 사 주의 월지月支와 일지日支. 월천간月天干 등에 해당 수리가 있는 것과 동일하게 본다. 그래서 사주를 보지 않고 한문으로 풀어보지 않더 라도 사주와 동일한 상담이 이루어질 수 있다. 이를 통해 이름의 첫 소리에서 파악할 수 있는 성격과 직업이, 사주에서 파악되는 성격 과 직업이 일치할 수 있는 것이다.

둘째, 과거의 자음파동성명학과 현재의 자음과 모음을 결합한 한 글성명학을 살펴보면, 자음파동성명학은 모음이 제외되어 육친의

223

해석을 명확하게 하지 못한다. 우리가 이름을 부를 때 자음과 모음이 결합하여 입을 통해 나오는 소리의 파동은 발음 오행에 해당하는 인체의 장기 에너지가 작용하여 밖으로 나오는 것이다. 자음파동성명학에서 말하는 소리 에너지가 다를 수밖에 없다.

대부분의 한글성명학은 성姓을 사주라 칭하는 작명법을 사용하지만, 성격심리한글성명학은 내담자의 탄생일인 사주팔자를 기준으로 작명하는 것이 골자이다. 그리고 일반 작명법과 달리 성격심리한글성명학은 성격과 심리를 파악하여 치유법까지 제시한다는 점에서 효용의 차이가 크다.

작명법 실례

한글의 소리 발음에 음양오행을 적용한 한글소리성명학은 사주명리의 육친을 적용한 것이다. 명리학자들은 인간의 길흉화복을 파악하고 해결방안의 하나로 개운법을 만들려고 노력하였는데, 여러 개운법 중 하나로 작명법을 많이 활용하였다.

그동안 사주원리를 접목한 한글성명학으로 상담과 강의를 하던 중, 파동소리성명학의 창시자인 이우람 선생이 1980~90년대에 발표한 자음파동성명학과 2000년대 이후 발표된 한글 자모음한글성명학이 운명에 미치는 영향과 차이점이 크다는 걸 알았다. 또한 사주를 보지 않아도 내담자의 이름에 그 사람의 성격과 운명이 나타난다는 오랜 임상 결과를 바탕으로, '한글이름 첫소리인 초성(중심수)과 사주팔자의 연계성'에 관한 내용으로 석사 논문을 발표한 바 있다.

1. 이름과 나이와 성별이 같은 A와 B의 경우

1975년생 A는 영적인 에너지가 밝은 역학인으로 나한테 성격심리한글성명학과 사주 전문가 과정까지 수년에 걸쳐 공부한 분이다. 이분의 성인 '이' 씨에 있는 것은 '정재·정관/정재·정관'이다. 사주팔자는 갑목일주로서, '겁재·편관·정인/겁재·편재·편관·정관'이다. 이렇게 성姓에 있는 파동주파수와 주인공의 탄생일인 사주팔자의 파동주파수가 다르다. 그런데 작명할 때 성에 있는 '정재·정관/정재·정관'을 사주팔자로 우기고 개명을 해주는 오류를 범하고 있다.

	乙卯/여/A				일원 갑목 甲木	편관 7 경금 庚金	겁재 2 을목 乙木
8 6	이	8 6	?				
6 8 0	○	6 8 0	?		편관 7 신금 申金	편재 5 진토 辰土	겁재 2 묘목 卯木
8 1 8	○	8 1 8					

己戊丁丙乙甲癸壬辛 대
丑子亥戌酉申未午巳 운

1975년생 B는 미혼의 직장인이다. A와 나이와 성별과 이름이 같으므로, 이분도 성에 있는 '정재·정관/정재·정관'은 동일하다. 이분의 사주팔자는 병화일주로서, '정인·식신·정관/정인·정관·겁재·비견'이다. 이처럼 두 사람은 성은 같아도 탄생일인 사주팔자가 각기 다르므로 사주팔자의 파동주파수도 다르다.

그런데 작명을 하면서 성姓인 '이' 씨의 '정재·정관/정재·정관'을 탄생일인 사주팔자로 우기게 되면, 두 사람의 탄생일인 사주팔자를 같은 것으로 보는 큰 착오가 벌어지는 것이다. 일부 작명 선생들이 탄생일인 사주팔자를 보지 말고 성姓을 사주팔자로 보고 작명을 하라고 가르치는데, 그렇게 작명하면 앞에서와 같은 허점이 생긴다. 이러한 작명법은, 좋은 이름을 지어 개운하고자 하는 본래의 취지를 전혀 반영하지 못한다. 이름을 지을 때 내담자의 탄생일인 사주팔자를 같이 봐야 하는 건, 선택이 아니라 필수이다.

	乙卯/여/B			일원 병화 丙火	식신 3 무토 戊土	정인 0 을목 乙木
8 6	이	8 6	?			
6 8 0	○	6 8 0	?	겁재 2 오화 午火	정관 8 자수 子水	정인 0 묘목 卯木
8 1 8	○	8 1 8	丁丙乙甲癸壬辛庚己 대 酉申未午巳辰卯寅丑 운			

2. 1960년 경자생 남성, 윤○○의 경우

1960년 경자생 윤○○의 선천운인 '윤' 씨는 '식신·정재·편재/정재·편관·정관'이다. 사주는 '편인·정재·정인/겁재·비견·겁재·정관'이다. 즉 성에서의 선천운 파동수와 실제 탄생일인 사주팔자의 파동수를 대입해보면 확연하게 틀리다. 탄생일인 사주엔 비견과 겁재가 많고 정재가 약하다. 그리고 식신과 상관이 없으며, 사주팔자에서 비견과 겁재가 많으므로 편관이나 정관으로 잘 눌러주거나 식상으로 설기시켜주어야 한다.

이분은 많은 물을 목木인 식신과 상관으로 설기시키는 것이 필요하고, 조후로 편재와 정재인 화火 재성이 필요하며 이 정화를 막아줄 편관인 토土가 필요한 사주이다. 선천운인 성씨 '윤'의 파동주파수가 이분에게 필요한 용신의 파동주파수였으므로 조상덕이 좋았다. 사주로 보면 가난한 집의 사주로 볼 수 있지만, 실제는 그 지역에서 유복한 집안의 장남으로 재산도 물려받았다. 대운이 좋은 것도 영향이 있지만 우선 이분의 이름이 좋은 영향도 있다.

	庚子/남			일원 임수 壬水	정재 6 정화 丁火	편인9 경금 庚金
3 6 5	윤	6 7 8	?			
	○		?	겁재 2 자수 子水	비견 1 해수 亥水	겁재 2 자수 子水
	○					

문제는 이런 성姓 씨가 왔을 때 성姓과 실제 사주팔자를 비교할 수 있는 능력을 갖추려면 사주명리학을 공부해야 한다는 것이다. 또한 위의 사주에서는 목木은 없고 모든 오행이 다 들어가 있다. 사주명리학에 입문한 지 얼마 안 된 분이나 사주명리학을 잘 모르는 분들은 탄생일인 사주에서 없는 오행을 이름에 넣어주면 된다고 한다. 그러나 없는 오행을 넣어주기보다는 그 사주에서 필요한 오행의 육친을 중심으로 작명해야 한다. 그러려면 사주풀이 실력이 뛰

228

어나야 개명을 잘할 수 있다. 실제 탄생일인 사주팔자에 들어 있는 파동주파수를 보지 않고 성명에 있는 선천운을 실제 사주로 보고 작명하면 큰 오류가 생긴다.

3. 1959년 기해생 여성, 윤규혜의 경우

내 사주이다. 그동안 나는 '윤재희'로 살아오다가 2022년에 '윤규혜'로 개명하였다. 60년 넘게 사용해온 이름을 바꾸는 건 큰 결심이 필요한 일이었다. 지금까지 큰 불편 없이 살아왔고 성명학자로서 명예도 얻었으니 괜찮은 이름이었다고 할 수 있다. 하지만 부모로서 자식과 후손을 생각할 때 아쉬운 부분이 있어서 개명하였다.

이름은 죽은 후에도 어떠한 형태로든 계속 불리며 남아 있는 것이므로 이름 효과는 당사자가 죽은 후에도 쭉 영향을 미칠 수 있다. 그래서 내 자녀들과 후손에게 좋은 기운을 줄 수 있는 이름으로 개명한 것이다.

	己亥/여		정관 8 경금 庚金	일원 을목 乙木	편관 7 신금 辛金	편재5 기토 己土
2 3 4	윤	5 8 7	정재 6 진토 辰土	비견1 묘목 卯木	편재 5 미토 未土	정인0 해수 亥水
6 3	규	9 8				
1 0	혜	6 3				

내 성인 '윤'에는 '겁재·식신·상관/편재·정관·편관'이 있다. 사주팔자는 '편재·편관·정관/정인·편재·비견·정재'이다. 역시 성姓과 사주의 파동주파수는 확연히 다르다. 사주팔자를 보면, 계절마다 필요한 조후용신이라고 해서 '겨울에 태어난 사람은 불이 필요하고, 여름에 태어난 사람은 물이 필요하다'. 이것이 사주에 적절하게 잘 들어가 있는지 운에서 언제쯤 나타나는지의 흐름을 잘 알고 작명해야 한다. 그런데 사주팔자를 무시하고 성姓에 있는 파동주파수를 탄생일인 사주팔자와 동일시하고 작명하는 것은, 앞에서 계속 말한 것처럼 잘못된 작명법이다.

한여름인 미未월에 태어난 을목은 조후가 시급하다. 다행이 진토의 지장간에 계수가 마르지 않으니 조후가 해결되고 있다. 윤재희 이름에서는 성姓인 선천운에 식신과 상관이 중첩되어 있어 편인으로 극제하였고, 선천운 지지에서는 정관과 편관이 중첩되어 있어 식신과 상관으로 눌러주고 있었다. 하지만 이름에 관성이 없었기에 27년 동안 한 분야를 걸으면서 항상 아쉬운 부분이 있었다.

남녀 공히 식신과 상관이 중첩이 되어 있어 편인이 눌러주었을 경우 우울증, 공황장애, 불안심리, 자식 애로 등이 나타나며 자궁과 유방 등에 질환이 올 수 있다. 또한 현재와 미래에 남은 대운이 비견과 겁재 대운으로 흐르므로 식상생재로 균형을 맞춰주어 자식에 해당하는 식신이 잘 발현되기 위해 중심명운을 편인에서 재성으로 바꾸었다.

개명이란 이렇듯이 내담자의 탄생일인 사주팔자와 앞으로 대운의 향방을 보고 작명을 해야 한다. 나의 경우는 내가 죽은 뒤에도 자녀들에게 좋은 영향을 미치고 싶다는 부모의 마음으로 개명을 하였다.

4. 같은 해에 태어났고, 같은 성인 A와 B의 경우

2022년 신생아 중에서 같은 성씨인 '신' 씨로 태어난 두 아이를 비교해 보려고 한다.

A는 2022년 임인년 9월 ○일생이다.

	壬寅A		?	일원 기토 己土	비견 1 기토 己土	정재 6 임수 壬水
3 3 7	신	5 5 9	?	정인 0 사화 巳火	식신 3 유금 酉金	정관 8 인목 寅木
	○					
	○					

B는 2022년 임인년 7월 ○일생이다.

	壬寅B		?	일원 병화 丙火	겁재 2 정화 丁火	편관 7 임수 壬水
3 3 7	신	5 5 9	?	편인 9 인목 寅木	상관 4 미토 未土	편인 9 인목 寅木
	○					
	○					

A와 B의 성은 '신' 씨로 같으므로, 조상을 뜻하는 성姓의 선천운은 '식신·식신·편관/편재·편재·편인'이 동일하다. 그럼 이 두 사람의 탄생일인 사주팔자가 같은 것인가? 그렇지 않다. A는 가을인 9월에 태어난 기토(논밭)로 '정재·비견·식신/정관·식신·정인·비견'이다. B는 한여름인 7월에 태어난 병화(태양)로 '편관·겁재·편관/편인·상관·편인·식신'이다. 이처럼 같은 해에 태어난 같은 성이라고 해도 탄생일인 사주팔자는 전혀 다르다. 그러므로 두 사람의 탄생일인 사주를 알아야 정확한 작명이 가능한 것이다.

이 차이를 처음엔 잘 모르지만 한글성명학 교육시간에 수강생들의 탄생일인 사주팔자와 이름을 비교해가면서 설명해주면 바로 이해하게 된다. 작명할 때 왜 탄생일인 사주를 봐야 하는지, 어떤 파동주파수를 중심명운으로 이름을 지어야 하는지, 이름 안에서도 왜 상생과 상극이 필요한지를 반드시 알아야 한다. 작명가가 최소한의 사주 기본만 알더라도 사주팔자와 이름의 선천운이 같다고 말을 할 순 없다.

한글성명학을 바르게 사용하려면 탄생일인 사주팔자를 통한 성격과 심리가 의미하는 바가 무엇인지 잘 알아야 한다. 한글성명학에서 비견이 옆의 파동주파수가 있을 때 탄생일인 사주팔자와는 달리 동화가 될 수 없다. 그리고 사주 원리와는 달리 승재관이 될 수 없으며 식신과 상관이 중첩되었을 경우에 인성으로 눌러주면, 사주 해석과는 달리 이름에서는 길한 것보다는 흉한 것이 더 많다. 이런 내용들을 확실하게 파악하고 있어야 한다.

작명법은 근거와 이론이 확실하다. 주먹구구식으로 함부로 남의 이름을 짓는 건 죄업을 쌓는 일이다. 원칙과 공식에 맞게 지어야 좋은 이름이 나온다. 그래야 치유를 동반한 개운으로서의 작명 효과에 닿을 수 있다.

윤규혜 에세이
치유의 성명학

지은이_ 윤규혜
펴낸이_ 조현석
펴낸곳_ 북인
디자인_ 푸른영토

1판 1쇄_ 2024년 02월 10일
출판등록번호_ 313-2004-000111
주소_ 121-838 서울 마포구 서교동 460-34, 501호
전화_ 02-323-7767
팩스_ 02-323-7845

ISBN 979-11-6512-082-5   03810